ベリーズ文庫

極秘の懐妊なのに、クールな敏腕ＣＥＯは激愛本能で絡めとる

ひらび久美

STARTS
スターツ出版株式会社

目次

極秘の懐妊なのに、クールな敏腕ＣＥＯは激愛本能で絡めとる

極秘の懐妊なのに、
クールな敏腕ＣＥＯは激愛本能で絡めとる

プロローグ

夢のように洗練された、ロンドンのラグジュアリーホテルの一室。

シャワーを浴びたばかりの彼は、どこか艶っぽく、バスローブの胸元から逞しい肌が見えて、ドキリとする。

「なにか食べますか？」

二葉が緊張してかすれそうな声で問うと、奏斗は片方の口角をわずかに上げた。紳士のようにずっと穏やかな物腰だった彼が見せた、扇情的な笑み。

二葉の心臓が大きく跳ねる。

「一番欲しいものをいただくよ」

彼は二葉の手を取り、手のひらに口づけた。彼の唇はそのまま手首へと移動する。

くすぐったいようなむずがゆいような刺激に、二葉は背筋がゾクゾクするのを感じた。

「か、なと、さん」

たまらず彼のバスローブの袖をキュッと掴んだ。奏斗は二葉の背中と膝裏に手を添えて、横向きに抱き上げる。

「きゃ。あの、なにか食べるんじゃ……？」

突然の浮遊感に驚いて、二葉は上目遣いで彼を見た。奏斗はいたずらっぽい表情で二葉の唇に軽くキスをする。

「言っただろ、先に一番欲しいものを食べるって」

そのまま彼はリビング・ダイニングを横切って、ベッドルームのドアを開けた。広いベッドの端に二葉を座らせて、隣に腰を下ろす。

奏斗は二葉の顎をつまんで目を覗き込んだ。熱を孕んだ彼の瞳に、二葉の顔が映っている。

「なにより君が欲しい」

まっすぐに見つめられて、体温が上がっていく。

出会ってまだ一日しか経っていないのに。彼は明日ロンドンを去るのに。彼みたいなステキな人に私がずっと愛されるなんて、ありえないのに……。

そんな迷いや不安を、彼と過ごして募った想いが押し流していく。

「私も奏斗さんが欲しいです」

正直な気持ちが口をついて出た。奏斗の手が後頭部と腰に添えられ、二葉をそっとベッドに押し倒す。

「二葉」

唇が重なり、彼の舌が二葉の唇をなぞった。二葉は誘われるように唇を開く。その隙間から彼の舌が滑り込んで、口内を愛撫するように撫で回した。

「二葉の身も心も蕩かせるのは俺がいい」

まっすぐ見下ろしてくる奏斗の瞳には、はっきりと欲情が浮かんでいた。

こんなふうに一途に求められて、ただただ胸が震える。

「奏斗さん……」

呼ぶと、引き寄せられるように奏斗の唇が二葉の唇に重なった。

彼を求める気持ちのまま、溺れそうなキスに夢中で応える。

腰紐が解かれ、バスローブの前をはだけさせられた。

大きな手のひらが二葉の柔らかな肌をなぞる。彼に触れられるたびに甘やかな刺激を感じて、勝手に高い声が零れた。

体のあちこちに口づけられて、心も体も蕩けていく。

「二葉、きれいだ」

奏斗の言葉は魔法みたいだ。彼のようなステキな人にそんなふうに囁かれたら、本当にそうなのかも……と思ってしまう。

でも、この魔法は明日には解ける。この夜はきっと、ひとりで生きてきた二葉への束の間のご褒美なのだ。

（それでも構わない）

目に涙が滲みそうになって、二葉は奏斗の逞しい体にしがみついた。

彼と出会ったときは、こんな恋をするなんて思ってもみなかった――。

ロンドンで出会ったクールな紳士

「あ……っと」

二葉はバランスを崩しそうになって、どうにか体勢を立て直した。

書店で買ったばかりのペーパーバック十五冊を入れた紙袋を左腕に掛けたまま、カフェのカウンターで注文した品がのったトレイを受け取ったのだが……ティーポットとティーカップ、チョコレートショートブレッドがのったトレイは予想よりも重たかった。

紙袋とのバランスを取るのが難しい。

(明日イギリスを発つわけでもないのに、十五冊はいくらなんでも買いすぎだったかな)

フリーランスの翻訳者として働く二葉は、仕事をする場所に縛られることはない。

二月にここロンドンに来て、二日後でちょうど一ヵ月になるが、イギリスにはあと三ヵ月滞在する予定だ。

二葉は苦笑を浮かべつつテーブル席の間を縫って、窓に面したカウンター席にトレイを置いた。窓の向こうには、石畳の歩道を挟んで、店構えにも年季を感じさせるアンティークショップがある。

　ここはバッキンガム宮殿から少し離れた静かな通りにあるカフェだ。チェーン店ながら、落ち着いた調度品とゆったりした店内は居心地がいい。一週間前に見つけて以来、ほぼ毎日訪れている。

　今日はおいしい紅茶を飲みながら、買ったばかりの本を読もうと思ったのだが……カウンター席に紙袋を置こうとしたとき、紙袋の縁が椅子のアームレストに引っかかったらしい。左腕を持ち上げたとたん、紙袋がビリビリッと派手な音を立てて破れ、ペーパーバックが床に散らばった。

「あっ」

　静かな店内に騒々しい音が響いて、恥ずかしさに顔が熱くなる。

（最悪……）

　二葉はその場にしゃがんで、本を一冊ずつ拾い始めた。

　魔法使いや妖精が出てくるファンタジー小説が多いが、中世ヨーロッパを舞台にしたロマンス小説もある。どれもまだ翻訳されて日本に入ってきていない本だ。

　三冊拾い上げて膝の上でトンと揃えたとき、左側で誰かがスッと片膝をついた。

『お手伝いします』

落ち着いた低い声に流暢な英語で話しかけられて、二葉は顔を上げた。

そこにいたのは、整った顔立ちをした三十歳くらいの男性だった。

ナチュラルに整えられた黒髪、意志の強そうな切れ長の二重の瞳、スッと通った鼻筋、少し薄めの唇は、クールなイケメンの日本人といった印象だ。けれど、ライトグレーのワイシャツにネイビーのネクタイ、カッチリしたダークスーツを着たその姿は、英国紳士のように洗練されている。

『大丈夫ですか?』

男性が怪訝そうに眉を寄せて英語で尋ねたので、二葉は一度瞬きをした。

ストレートロングの黒髪に濃い茶色の目をした二葉は、日本人にしか見えないらしく、ロンドンにいても日本人に日本語で道を訊かれるくらいなのだ。

それなのに英語で話しかけてきたということは、彼は日本人ではないのかもしれない。

そう考えて、二葉は英語で答える。

『あ、はい。ありがとうございます』

男性は二葉を手伝って、落ちた本を拾ってくれる。

ふたりが同じ本に手を伸ばし、指先が軽く触れた。

『あっ、すみません』

二葉は反射的に手を引っ込めた。

『いえ、こちらこそ』

男性は動じる様子もなく淡々と言って、その本を手に取った。二葉は最後の一冊、裏表紙が上になっている本を拾う。立ち上がって表紙を上に向けた瞬間、愕然とした。なんと表紙の真ん中に、縦に折れ目がついていたのだ。

湖畔にたたずむ中世の古城が水彩画風に描かれた神秘的な表紙で、ストーリーにも惹かれたが、なによりその表紙絵を気に入って買ったものなのに。

(あーあ、どうしてもっと注意しなかったんだろう……)

自分のドジさに、二葉はがっくりと肩を落とした。

『どうぞ』

男性は拾い上げた本を差し出したが、二葉の様子を見て手を止めた。

二葉は表紙を手のひらでこすって折り目を伸ばそうとしたが、一度ついた折り目は当然きれいには消えない。

『重い本を載せておいたら、少しはマシになるかと』

男性に冷静な口調で言われて、二葉は顔を上げた。身長一六五センチの二葉よりも二十センチ近く高い位置に彼の顔がある。

『そうですよね、やってみます。手伝ってくださってありがとうございました。助かりました』

二葉は気を取り直して礼を言った。軽く頭を下げて、拾った本をカウンターに重ねる。

『お気になさらず』

男性は短く言って左隣の席に戻った。彼の前のカウンターには、ノートパソコンとスマートフォン、コーヒーカップが置かれている。

二葉は自分の席に着いた。紙袋を確かめたが、半分以上破れてしまったので、もう本を入れることはできない。

(ほかに袋、持ってきてなかったっけ)

バッグを膝に置いて中を探ったが、小さめのエコバッグしかなかった。

(これじゃ入らないな……)

抱えて帰るしかなさそうだ。

思わずため息を零したとき、目の前に丈夫そうな生成りのエコバッグが差し出された。きちんと折り畳まれた真新しいバッグだ。

「えっ」

顔を向けたら、さっきの男性が無表情で二葉を見ている。

『使ってください』

『ありがたいですが、あなたがお困りになりませんか？』

二葉が遠慮して尋ねると、男性は抑揚のない口調で答える。

『いいえ。会社の宣伝のために作ったものなので、使ってくだされればこちらは助かります』

若干、無愛想にも聞こえるが、本当に困っていたので厚意に甘えることにした。

『そうなんですね。では、遠慮なく使わせていただきます。ありがとうございます』

二葉はエコバッグを受け取って広げた。十五冊の本がじゅうぶん収まりそうな大きさだ。

中央に、落ち着いたグリーンでかわいらしい子葉——つまり二葉——の絵がプリントされている。その下に、素朴なブラウンの文字で〝Leafy Corporation〟と社名が弧を描くように書かれていた。社名を土に見立てて、そこから芽が出ているようなイメージだ。

(Leafy……リーフィって〝緑豊か〟って意味だ。これから二葉が生長して豊かな緑になるってことなのかな)

もらったエコバッグに、自分の名前と同じ二葉を表す絵がプリントされているなんて。

あまりにすごい偶然に、二葉は絵を見つめたままつい笑みを零した。

『デザイン、変ですか？』

男性の声に不満げな響きを感じ、二葉はハッとして彼に顔を向けた。彼はわずかに眉を寄せていて、表情も同じく少し不満そうだ。

『あ、いえ。そうではなくて……』

彼が日本人だったら理解してもらいやすいんだけどな、と思いながら、二葉は英語で説明する。

『私は日本人で、名前がこのイラストを表す日本語と同じなんです。それで、すごい偶然だなと思って、思わず笑ってしまったんです』

それを聞いて、彼の口元がふっと緩んだ。今までのクールさが薄れて、優しげな印象になる。けれど、その変化以上に、彼の次の言葉に驚かされた。

「つまり、君の名前は二葉なのか」

彼は日本語でそう言ったのだ。

「そうです。ということは、あなたも日本の方ですか？」

二葉が日本語で問いかけると、男性は頷いた。

「ああ。最初に君を見たときは日本人かなと思ったんだが、本が全部英語のペーパーバックだったから、英語で話しかけたんだ」

「そうだったんですね。私はあなたがイギリスの方なのかと思いました。英語がとてもお上手だったので」

「君も上手だったよ」

「あ……ありがとうございます」

二葉は褒め返されて、はにかんだ笑みを浮かべた。

(せっかく同じ日本人と隣の席になったんだから、もう少しお話ししてみたい)

二葉は思い切って口を開く。

「あの、いただいたエコバッグ、生成りの生地に優しい色がよく合っていて、ステキなデザインだと思いました」

二葉は素直に思った感想を述べた。それを聞いて、男性の笑みが大きくなる。

「ありがとう。実はまだ作ったばかりで、周囲の反応がわからなかったんだ。そう言ってもらえると嬉しいよ」

リーフィ・コーポレーションとはなんの会社ですか、と二葉が尋ねようとしたとき、男性のスマホが短い振動音を立てた。メールかメッセージが届いたのだろう。

(スーツを着てるんだから、仕事中だったのかも)

長話をするのは申し訳ないと思って、二葉は話を切り上げることにする。

「ありがとうございます。大切に使いますね」

二葉の言葉に男性は一度頷き、カウンターに向き直ってスマホを手に取った。

二葉は一番気になっていた恋愛ファンタジー小説以外をすべてエコバッグに入れた。思った通り、十四冊入れても余裕がある。

(本当にありがたいな)

チラリと左側を見ると、男性は真剣な表情でスマホの画面をゆっくりとスクロールしていた。

やはり仕事中だったようだ。

二葉は親切な男性とのステキな出会いに感謝しつつ、本を開いた。

ヒロインとヒーローが出会って冒険に出かけたところまで読んで、二葉は紅茶のカップに手を伸ばした。香り高い紅茶をゆっくりと飲んで、ふと左側に顔を向ける。

（あれ）

ほんの十数分前までそこにいたクールなイケメンは、いつの間にか席を立ったらしく、もう店内に姿はなかった。

二葉が集中して本を読んでいたから、声をかけずに立ち去ったのかもしれない。

（私より二、三歳年上っぽかったな。最初は冷たそうな印象を受けたけど、笑うと優しそうだった。いや、実際に優しい人だった）

異国の地で困っているときに親切にしてもらったからか、もう会えないのだと思うと、とても残念に感じる。

（まさに一期一会……。でも、こういう出会いこそ旅の醍醐味だよね）

紅茶のカップをソーサーに戻して、小さく息を吐いた。

二葉は六年前、二十二歳のときに英文学部を卒業して、翻訳会社に就職した。

本当は翻訳者として働きたかったのだが、翻訳経験のない二葉に任されたのは、コーディネーターの仕事だった。

企業や大学や研究機関から、さまざまな言語のビジネス文書や社内報、公文書や研究論文など、多種多様な文書の翻訳依頼が翻訳会社に入る。すると、コーディネーターは会社に登録されている翻訳者に、得意言語や分野に応じて仕事を依頼するのだ。

一言で言えば、クライアントと翻訳者の橋渡しをするのだが、もちろんそれだけではない。翻訳された文書のチェックや請求書の作成など、さまざまな業務を担う。しかし、自分が直接、翻訳をすることはない。

コーディネーターとして毎日忙しく働いているうちに、子どもの頃の夢を思い出した。幼い頃、何度も読んだ大好きな物語が、実は知らない国の言葉で書かれた本で、誰かが日本語に翻訳してくれたおかげで、二葉が楽しく読めていること。それを知ったときに、二葉も物語の翻訳をしてみたいと思ったのだ。

今の仕事でも翻訳に関わることはできている。けれど、ちょっと違う。

忙しくなればなるほど、やっぱり夢を叶えたいという思いが強くなり……ついに一年前、二十七歳のときに退職した。

以来、フリーランスの翻訳者として複数の翻訳会社に登録して、論文や報告書などの翻訳をしている。

念願の物語――もっと具体的に言うと、ファンタジー小説――の翻訳はまだできていない。

小説の翻訳家になるには、有名な翻訳家の弟子になって下訳をするとか、翻訳コンテストで賞を獲るとか、いくつかの方法がある。けれど、どれも狭き門だ。
そのため、まだ日本語に訳されていないおもしろい本を自分で発掘して、日本の出版社に持ち込もうと考え、四ヵ月間イギリスに滞在することに決めたのだ。

過去には実際に、そんなふうに個人が出版社に持ち込んで翻訳した本が、ベストセラーになった例もある。

持ち込みをする際には、あらすじや感想、海外メディアの評価などをまとめたレジュメ――シノプシスや梗概とも呼ばれるもの――が必要だ。だから、イギリス滞在中に本を探しながらレジュメも作成するつもりにしている。

毎日のように書店を巡って本を探しているのは、そのための一歩だ。

会社員を辞めようとしたとき、当時付き合って六年になる彼氏の圭太郎に、『わざわざ会社員を辞めてフリーランスなんて不安定な仕事を選ぶなよ。会社員ならボーナスももらえるのに』と反対された。どうにか説得して、渋々『好きにすれば？』という言葉をもらえた。

その後すぐ退職して、会社員時代の伝手で仕事を得たので、圭太郎に認めてもらおうと一生懸命がんばった。初仕事を終えて、自分へのご褒美も兼ねて圭太郎を食事に誘ったが、彼に『用事がある』と断られた。がっかりしてひとりで買い物に出かけたら……ショッピングモールのレストラン街で圭太郎と鉢合わせしたのである。彼の腕には、知らない女性が腕を巻きつけていた。

『あー、まあ、こういうことだから。もう連絡してこないでくれ』

そう言って、圭太郎は二葉の前から去っていった。

あまりにも突然の、ひどい裏切り。

その直後に両親が交通事故に巻き込まれて亡くなり、しばらくは立ち直ることができなかった。

結局彼とはそのままになってしまったが、両親は退職する前からずっと二葉の選択を応援してくれていた。

(お父さんとお母さんに少しでも早くいい報告をしたい)

そのためにはひとりでがんばらなくちゃいけない。

二葉は気持ちを引き締めて、再び本に視線を戻した。

二葉が滞在しているのは、インターネットで予約できる民泊サービスで見つけた五階建てフラットの一室だ。日本でいうアパートのイメージに近く、狭い階段を挟んで両側に一部屋ずつ住居があって、それぞれ別の住人が住んでいる。二葉の滞在先は三階、つまりイギリス英語で言うセカンド・フロアの右側だ。

推理小説やドラマでも有名なハイド・パークの南側に位置し、外観こそ古いものの、室内は改装されていて快適だ。

フラットの一室なので、トイレとバスは共用だけど、朝食と夕食は部屋のオーナーが用意してくれる。オーナーはフローラ・ホールという名前で、六十代後半くらいの小柄でふくよかな女性だ。とても親切で、ビジネスライクな民泊というより、アットホームなホームステイと言ったほうがぴったりかもしれない。

『ただいま、フローラ』

二葉が玄関ドアを開けたら、キッチンのほうからフローラの声が聞こえてきた。

『お帰り、二葉』

廊下を歩いてキッチンを覗くと、フローラが振り返って二葉を見た。白髪交じりの金髪に青い目をしたフローラは、小花柄のかわいらしいワンピースにエプロンを着けている。

『いい本は見つかった？』

『はい。たくさん買えました』

二葉は大きく膨らんだエコバッグを持ち上げて見せた。

『まあ、本当にたくさん買ったのね』

フライ返しを持ったまま、フローラはエコバッグの中を覗いて続ける。

『あら。恋愛小説なら私もたくさん持っているから、言ってくれたら貸してあげるのに』

二葉はフローラの本棚に並んだ有名な出版社の本を思い出しながら答える。

『フローラの持っている本は、日本でもすでに翻訳されているんです。私も日本語で読んだことのある本がたくさんありました』

『ああ、そうなのね。そう言えば、二葉は日本語に訳されていない本を探しにロンドンに来てるって言ってたわね』

『はい』

『それにしても、かわいらしいバッグねぇ』

フローラは一歩下がってエコバッグのロゴを眺めた。

二葉はほんの数時間前の出来事を説明する。

『本を読もうとカフェに行ったときに、アームレストに引っかかって紙袋が破れてしまったんです』

そのときに、一見クールだけど紳士のように礼儀正しく親切な男性が助けてくれたのだと話すと、フローラはいたずらっぽい表情でウインクをした。

『そういうことがスマートにできる人は、〝紳士のような男性〟ではなく、本物の〝紳士〟なのよ』

『あっ、そうですよね。本当にステキな人でした』

恋愛小説ふうに言うなら、〝クールなイケメン紳士〟といったところだろう。

そんなことを思う二葉に、フローラが訊く。

『また会うの？』

二葉は驚いてぱちくりと瞬きをした。

『え？ いえ。私が本を読んでいる間に帰ったみたいで、名前も知りません』

『あらぁ、そうなのね～。残念。ロマンチックな出会いだと思ったのに』

フローラは言葉通り残念そうにため息をついた。数年前に年上の夫を亡くして以来、寂しさを紛らせるために自宅の一室を旅行者に貸しつつ、ロマンス小説を愛読しているだけのことはある。

『さあ、もうすぐディナーの用意ができるから、荷物を置いていらっしゃい』

『はぁい』

二葉は明るく返事をして、借りている個室に向かった。かつて夫婦が客間として使っていた部屋だが、友達の多かった夫が亡くなって以来、泊まりに来る人はいなくなったのだそうだ。

この部屋に滞在して、二日後でちょうど一ヵ月。その日にフローラの部屋をチェックアウトして、ロンドンから一八五キロメートルほど南西にあるバースに向かう。バースはイギリスで唯一の温泉地だ。ローマ時代の遺跡やジョージ王朝時代の建物がたくさん残っていて、街全体が世界遺産に登録されている。そんなバースに滞在するのはとても楽しみだが……優しいフローラは、二葉にとってロンドンのお母さんのような存在になっていた。

(フローラとお別れするのは寂しいな……)

二葉は込み上げてきた寂しさを押し戻すように、ため息を呑み込んだ。

心地よい眠りを耳障りなベルの音に遮られて、二葉はハッと目を覚ました。日の出前らしく、室内は薄暗い。

「え、なに……?」

玄関のほうからドンドンドンッと激しくドアを叩く音が聞こえてくる。

時刻を見ようとスマホを捜したとき、玄関からフローラの切羽詰まった声が聞こえてきた。

『二葉！　大変、火事よ！』

「えっ⁉」

かすかに焦げ臭いにおいが漂ってきて、騒々しいサイレンの音が近づいてくる。

「嘘っ」

二葉はベッドから跳ね起きた。

廊下を急ぎ足で近づいてくる音がしたかと思うと、二葉の部屋のドアが勢いよく開いた。

『二葉っ』

部屋着姿のフローラが、真っ青な顔で言う。

『外へ逃げましょう。フォース・フロアが火事なんですって』

『えっ』

『早くっ！』

フローラに急かされ、二葉は靴に足を入れて、パジャマ代わりのスウェットの上下のまま廊下に出た。

『急いでっ、ミズ・ホール！』

開いた玄関ドアの外から、男性がフローラを呼ぶ。紺色のパジャマを着た五十代くらいの男性で、必死の表情をしている。

灰色の煙が、共用廊下の天井を這うように伝って下りてくるのが見えた。

『さあ、早く！』

男性はフローラの手を取って階段へと促した。

『二葉も急いで！』

フローラが振り向いて言った。

『は、はい』

二葉はスウェットの袖で口元を覆って、男性とフローラの後に続く。煙に追い立てられながら一階に降りたとき、角を曲がって消防車が二台近づいてきた。イギリスのドラマや映画で見たことのある消防車だが、これは現実なのだ。

フラットの前には人だかりができている。

『どいて！危ないから下がって！』

消防車が停まって、消防士が飛び出した。野次馬を遠ざけようとする怒号や避難する人々の悲鳴が飛び交う。

『道を空けて！』

ホースを持った消防士がそばを駆け抜けていく。

『早くこっちへ！』

別の消防士に促されて、二葉たち三人はフラットから離れた。通りを渡りながら見上げたら、最上階、つまり五階の窓からモクモクと黒い煙が上がっている。

（ああ、そっか……フローラは『フォース・フロアが火事』だって言ってたけど、イギリス英語だと五階になるんだった……）

それなら、二階下にあるフローラの部屋は大丈夫じゃないだろうか。

緊迫した空気の中、一縷の望みを抱きながら消火活動を見守る。数人の消防士が階段を駆け上がり、はしご車がはしごを伸ばして放水を始めた。

フローラの手を引いて階段を下りてくれた男性は、先に下りていた妻のそばに行き、スマホで誰かに電話をかけ始めた。

周囲には、着の身着のまま逃げてきたフラットの住人が数人いて、みんな同じように友人や家族に電話をしたり、メッセージを送ったりしている。

やがて、無事に消し止められたらしく、フラットの階上から『鎮火！』という消防士の声が聞こえてきた。通りにいる人たちが歓声を上げて、どこからともなく拍手が起こる。住民たちも張り詰めた表情を和らげた。けれど、焦げ臭いにおいが辺りを満たしていて、もう鼻がおかしくなりかけていた。

『荷物を取りに戻れるか、訊いてみるわね』

フローラは二葉に言って消防士に近づいたが、少し話をした後、首を横に振りながら戻ってきた。

『再燃の恐れがないか確認しないとダメなんだって。うちは二階下だって言ったんだけどねぇ』

『そうなんですか……』

『ここで待っているのも寒いし、近くのカフェに行きましょう』

『でも、私、お財布もスマホも持って出られなかったんです。それにこんな格好ですし』

フローラはカーディガンのポケットからスマホを取り出した。

『大丈夫、私が電子マネーを持ってるわ。それに、顔見知りのカフェだから、事情を話せば入れてくれるはずよ』

フローラはそう言って、フラットからほど近いカフェに二葉を連れていった。セミディタッチドという二軒の家がひとつにくっついた住宅の右側がカフェで、左側はフィッシュ・アンド・チップスの店だった。営業しているのはカフェのほうだけで、老夫婦が一組、モーニングティーを飲んでいる。

フローラが事情を説明してくれたので、二葉はフローラと一緒に窓際の席に座ることができた。

『ここからならフラットが見えるから、中に入れるようになったらわかるわね』

フローラが独りごちたとき、『災難だったわねぇ』と言いながら、カフェのオーナーの女性が紅茶のポットとティーカップを二客、それにサンドイッチをトレイにのせて運んできた。

『本当よぉ。でも、死者も怪我人も出てないみたいだから、それだけが幸いかしらねぇ』

フローラはしゃべりながら、ティーポットからカップに紅茶を注いだ。

『ゆっくりしていってね』

五十歳くらいのオーナーの女性に優しく声をかけられて、二葉は小さく会釈をした。

『ありがとうございます』

フローラが二葉に紅茶を勧める。

『どうぞ、二葉』

『はい、ありがとうございます』

二葉は促されるままカップを持ち上げた。口元に近づけたら、ふわんと高い香りがして、さっきまで鼻を突いていた焦げ臭いにおいがほんの少し和らいだ。

早朝の肌寒い外にいたので、いつの間にか体が冷え切っていたらしい。熱い紅茶がありがたい。

壁の時計を見たら、もう九時を回っていた。

『こんなことになっちゃって、ごめんなさいね』

フローラが申し訳なさそうに言ったので、二葉は慌てて首を横に振った。

『いいえ！　フローラのせいじゃありませんから』

『それでも、あなたに嫌な思い出ができてしまったでしょう？』

『私はフローラのほうが心配です。部屋にひどい被害がないといいんですけど』

『二階下だから大丈夫でしょ。すぐに火も消えたみたいだから、大したことないはずよ』

そう言いながらも、朝から階段を駆け下りて避難するという大変な経験をしたからか、フローラは疲れた表情でそれっきり黙ってしまった。

二葉も疲労を感じて、無言で紅茶を飲む。こうやって腰を落ち着けたら、急に恐怖が込み上げてきた。

（もしここで私が死んでも、誰にもわからないし、悲しんでくれる人は誰もいない）

そう思うと、心細くてたまらず、サンドイッチが喉を通らない。息苦しさを覚えて、紅茶を喉に流し込む。

『二葉は食べないの？』

フローラに訊かれたが、『お腹が空いてないので』と断った。

オーナーの女性がティーポットに新しい紅茶を淹れて持ってきてくれた。

静かに時間だけが過ぎていく。

いつ部屋に戻れるのだろうか。

疲労感が募って、ため息をついたとき、フローラのスマホにメッセージが届いた。

『あら』

フローラはメッセージを読んで、ホッとした表情になる。

『上の階のミスター・ジャクソンからよ。火元の住人以外は中に入れるそうよ』

フローラの言葉に、二葉も安堵の息を吐く。

『よかったですね』

『じゃあ、戻りましょうか』

フローラは電子マネーでお代を払って、二葉を促した。

フラットの前に着いたとき、消防隊は現場から撤収する準備をしていた。二葉はフローラに続いて共同玄関を抜け、階段を上る。階段には濡れた靴跡がたくさんついていた。消防士たちの足跡だろう。

三階に着くと、部屋の前に水が溜まっていた。

『どうしてこんなところまで……』

フローラは訝しげに言いながらドアを開けて、凍りついたように立ちすくんだ。

『フローラ?』

二葉は彼女の肩越しに中を覗き込み、直後、同じように動けなくなる。

天井から水が滴り落ちて壁紙を濡らし、フローリングに水たまりができていたのだ。

『そんな……』

フローラは悲痛な声を上げて、おぼつかない足取りで中に入った。二葉も彼女に続く。

キッチンも二葉が借りている部屋も、同じような有様だった。壁紙は濡れて変色し、ベッドも湿っている。

「嘘でしょ……」

慌てて私物を確認する。

明日ここを出る予定だったため、だいたいの荷造りをしていた。それが幸いして、スーツケースに入れていた衣類は無事だ。バックパックに入れてクローゼットの棚に置いていたノートパソコンも、水濡れを免れた。今日着る予定で出していた服の下敷きになっていたため、スマホも大丈夫。けれど、昨日買ってデスクの上に出していたペーパーバックは、五冊ほどが濡れて波打っていた。

「はぁ……」

思わず椅子に座り込みそうになったが、座面が濡れていたので、かろうじて踏みとどまった。

（フローラ、ショックだろうなぁ……）

夫や家族の思い出が残る部屋がこんなことになったのだから、どれほどつらいことだろう。

彼女の気持ちを想像して胸が潰れそうに痛くなった。

とはいえ、この状態をなんとかしなければいけない。

雑巾を借りようと部屋を出たとき、玄関のほうから話し声が聞こえてきた。聞き覚えのあるその声は、火事だと教えてくれたジャクソンのものだ。

フローラはジャクソンとしばらく話した後、スマホでどこかに電話をかけた。けれど、相手が出なかったらしく、首を左右に振りながら電話を切った。顔を上げて二葉に気づき、疲れ切った声を出す。

『ミスター・ジャクソンが言ってたんだけど、彼の部屋はここよりもひどいんですって。上の階の熱を感知してスプリンクラーが誤作動したせいで、部屋中水浸しになってしまったそうよ。その水が天井の隙間から漏れて、うちもこんなことに……』

フローラは悲しげにため息をついた。

『そうだったんですか……』

(なにか私にできることは……)

二葉は考えて声を出す。

『フローラは休んでてください！　私、モップで床の水を拭き取りますから』

『まあ、ありがとう。でも、それなら私も一緒に掃除するわ』

フローラは気を取り直したように、淡く微笑んだ。

それからふたりで床にモップをかけて、雑巾でテーブルや壁を拭いた。シーツを洗い、窓を開けて風を通したが、快適に過ごせるかというと、それは疑問だ。

ふたりにできる作業が終わったとき、フローラのスマホが軽やかな呼び出し音を鳴らした。スマホを見て、フローラがホッとした表情になる。

『娘からだわ。ちょっとごめんね』

フローラは二葉に断って、電話に出た。相手の話を聞きながら、『そうしたいけど、約束が』とか『でも、急には』などと言っている。

やがて、『それもそうよね』と渋々ながら納得したような声を出した。

『それじゃ、お願いね』

フローラは電話を終えて、二葉を見て申し訳なさそうな表情になる。

『娘がね、住めないような状態なんだったら、人に貸すのはよくないし、私が住むのも心配だって言うの。それで、私はしばらく娘の家に泊めてもらうことになって……。だから、一日早くて申し訳ないけど、チェックアウトしてもらえるとありがたいんだけど……』

（冷静に考えてみたら、フローラの娘さんの言う通りだわ）

少しでもフローラが元気になればと思って掃除を手伝ったが、ベッドだって完全には乾いていないのだ。

二葉はこくりと頷いた。

『わかりました。今までお世話になり、ありがとうございました。どうか気を落とさずに、お元気でお過ごしくださいね』

『本当にごめんなさいね』

フローラは目を潤ませて二葉をハグした。二葉より少し小柄なフローラの背中を、二葉はそっと撫でる。

『気にしないでください。フローラと過ごせて本当に楽しかったです。ロンドンにお母さんができたみたいで、嬉しかったです』

涙が込み上げてきて、二葉は強く目をつぶった。突然お別れしなければいけなくなったことが、とても悲しい。

『それじゃ、チェックアウトの準備をしますね』

二葉はフローラの体をギュッと抱きしめてから腕を解いた。借りていた部屋に戻って、スウェットから白いシャツとデニムのワイドパンツに着替えた。

濡れてしまったペーパーバックはビニール袋に入れてからスーツケースに詰める。そのほかの荷物をスーツケースとバックパックに、貴重品はショルダーバッグに入れて、最後にライトイエローのコートを羽織った。

二葉がバックパックを背負い、ショルダーバッグをかけて、スーツケースを転がしながら廊下に出ると、フローラはダイニングの椅子に座っていた。二葉を見て立ち上がる。

『泊まるところに困るわよね。本当にごめんなさいね』

フローラの沈痛な面持ちを見て、二葉は笑みを作った。

『次に予約していたところに今日から泊まれないか訊いてみます。きっと大丈夫ですから、私のことはもう気にしないでくださいね』

フローラが腕を広げ、二葉は彼女ともう一度ハグをした。

『お元気で、フローラ』

『あなたもね、二葉。ロンドンではこんなことになってしまったけれど、イギリスの旅を楽しんでね』

『はい。ありがとうございました』

フローラは二葉の両頰に挨拶のキスをした。

『それじゃ、さようなら』

二葉はもう一度礼を言って部屋を出た。背後でパタンとドアが閉まり、名残惜しい気持ちを振り切るように、重たいスーツケースの持ち手を両手で握って階段を下りる。

一階に着いてスーツケースを地面に下ろし、大きく息を吐き出した。

挫けそうになる気持ちを、軽く両頰を叩いて立て直す。

「……しっかりしなくちゃ」

ひとまず最寄りの地下鉄の駅、ハイ・ストリート・ケンジントン駅に向かう。高級店が集まっている通りを抜けて歩道を歩いて行くと、日本でもお馴染みのファストフード店の向かい側に、趣のある建物が見えてきた。赤い丸に、青地にUNDERGROUNDと白抜きされた横棒が目印のマークが出ていて、そこが地下鉄の駅なのだとわかる。

（先に次の宿泊先に連絡しなくちゃ）

二葉は地下鉄の入り口の手前で足を止めて、歩行者の邪魔にならないよう壁際に寄った。ショルダーバッグからスマホを出して、明日チェックインする予定のバースのB&B――朝食つきの民宿――に電話をかける。

『はい、カールトン・ハウスです』

女性の声が応答した。きっとオーナーだろう。

『あの、明日から一週間の予定で宿泊を予約しているフタバ・クリモトと言います。実は今の滞在先が火事の被害に遭いまして、予定より早く出なければいけなくなってしまいました。そちらに今日の夜から泊まらせてもらうことはできないでしょうか？』

スマホのスピーカーから、淡々とした女性の声が返ってくる。

『火事はお気の毒ですが、本日は満室です。バースは観光地なので、急に言われても難しいです』

『あ……そうですよね。すみません』

弱っているところに事務的な口調で返され、二葉は肩を落とした。

電話を切って、インターネットで宿泊先を探すことにする。ホテル予約サイトでロンドンを選んだとき、すぐそばに置いていたスーツケースのキャリーバーに誰かが手をかけた。ハッとして目を向けたら、カールした黒髪に灰色の目をした二十代半ばくらいの男性が、二葉を見下ろしていた。

『君、日本人？』

身長一八〇センチくらいありそうなその男性は、少しぎこちなさのある英語で話しかけてきた。

『あ、はい』

『君の髪、まっすぐで艶があって、すごくきれいだね。瞳の色も神秘的だ』

見ず知らずの男性に褒められ、二葉は困惑して黙っていた。

二葉がなにも言わないからか、男性は話を続ける。

『電話の内容が聞こえたんだけど、君、困ってるんだよね。助けてあげようか？』

『えっ？』

『俺は英語を勉強しにロンドンに来てるんだ。シェアハウスに住んでるんだけど、ルームメイトが出て行ってしまって、困ってたんだよ。君が泊まってくれたらすごくありがたいな。シェアハウスだからホテルよりも安いよ。君も助かる、俺も助かる。いいことずくめじゃないかなぁ』

男性は二葉の肩をスッと撫でた。二葉はビクッとなる。

彼が本当に親切で申し出てくれているのなら悪いと思うが、馴れ馴れしい雰囲気に警戒心を覚えて、断りの言葉を述べる。

『いえ、私はロンドンに長期滞在する予定ではないので結構です』

『遠慮しなくていいよ。一日だけでも大丈夫。君、泊まるところがないんだろう? 泊まるだけじゃなく、いろいろ楽しませてあげるからさぁ。ぜひおいでよ』

言うなり男性はスーツケースを引いて歩き出そうとしたので、二葉は慌てて持ち手を掴んだ。

そのまま男性とスーツケースを引っ張り合う形になる。

「離してください！　困りますっ！」

とっさに日本語で叫んでしまった。慌てて英語で言い直したが、男性は手を離そうとしない。怖くて不安で目に涙がじわっと滲んだとき、突然日本語で名前を呼ばれた。

「二葉さん？」

聞き覚えのある低くて落ち着いた声だ。ハッとして振り向いたら、ひとりの男性が近づいてきた。ライトグレーのニットにカーキのチノパン、黒のチェスターコートというややカジュアルな格好をしている。一瞬戸惑ったが、昨日カフェでエコバッグをくれたクールなイケメン紳士だと気づいたときには、彼はスーツケースのキャリーバーをしっかりと掴んでいた。

『俺の恋人になんの用だ？』

彼は低い声で黒髪の男性に言った。鋭い目で睨まれ、黒髪の男性はキャリーバーからパッと手を離した。

『こっ、恋人⁉』

『そうだ』

イケメン紳士は二葉をかばうように体を入れた。黒髪の男性は小さく舌打ちをして、ぼそぼそと言う。

『困ってるみたいだったから、親切にしてただけだよ』

『本当にそうか？　俺には君がよからぬことを企んでいるように見えたが。たとえば、スーツケースを盗もうとしていたとか』

自分より少し背の高い日本人に詰め寄られ、黒髪の男性は胸の前で両手を軽く上げた。

『ご、誤解だよ。本当にただ親切で声をかけただけだ。強引にして悪かったよ』

彼はそう言うと、そそくさと地下鉄の駅の中へと消えていった。

早朝から火事に遭ったり、予定より早くチェックアウトをしなければいけなくなったり、強引な外国人男性に絡まれたり……。

もう心がぽっきり折れてしまいそうだ。

「大丈夫だったか？」

クールな紳士は、しかし今は心配そうな表情で二葉の顔を見た。

気遣いと優しさが滲んだ彼の表情に、張り詰めていた心がふっと緩んだ。その拍子に目からぽろりと涙が零れる。それと同時に全身から力が抜けて、思わずふらつきそうになったところを、男性が腰に手を回して支えてくれた。

「大丈夫ではなかったみたいだな」

「すみません。今日は朝からいろいろあって……。あの、助けてくださってありがとうございました」

二葉は慌てて指先で涙を拭い、姿勢を正した。

「さっきの男以外にも嫌な目に遭ったのか？」

男性の表情が曇り、二葉はゆっくりと首を横に振る。

「嫌な目というより、大変な目に遭いました。明日の朝まで宿泊する予定だったフラットが、火事になってしまって……」

二葉は次の宿泊先に問い合わせてみたが断られてしまったこと、その直後、ロンドンで泊まれる場所を探そうとしていたら、さっきの男性に声をかけられたことを説明した。

「それは本当に大変な目に遭ったんだな」

男性はいたわりのこもった口調で言った。

「はい。〝泣きっ面に蜂〟って諺の意味を実感しています」

二葉は情けない気持ちで眉を下げたが、気が緩んだせいか、急にお腹がひもじそうな音を立てた。

「あっ」

顔を真っ赤にして彼から離れようとしたが、またよろけたのだと思われたらしく、彼のほうにぐっと引き寄せられた。

「大丈夫か？」

「あ、えっと、これはその、朝からなにも食べてなくて……ほんとにすみません」

二葉は両手でお腹を押さえながら小声で言った。左手の腕時計を見ると、時刻は午後二時半だ。朝、カフェで紅茶を飲んだだけだから、お腹が空いていても当然だ。

二葉が恥ずかしさのあまりうつむいたら、かすかに笑みを含んだ声が降ってきた。

「心配しなくていい。君の問題はすぐに解決する」

二葉がチラリと見上げたら、彼はスマホでどこかに電話をかけ始めた。すぐに相手が応答したらしく、英語で話し始める。

『パークビュースイートのオオツキです。知人のために部屋を取りたい。今日泊まれる部屋はあるだろうか？』

（パークビュースイート？　この人、スイートルームに泊まってるんだ）

二葉が戸惑っている間に彼は話を進めて、最後に『ありがとう』と言って電話を切った。

「これで解決した」

彼はスマホをポケットに入れて、二葉を見た。

「え、あの」

「スプリーム・ホテル・ロンドンのエグゼクティブシングルを手配した」

ホテル名を聞いて、二葉は目を見開いた。スプリーム・ホテル・ロンドンといえば、ハイド・パークが望めることで有名なラグジュアリーホテルだ。

「ありがとうございます。えっと、オオツキさん」

二葉の言葉を聞いて、彼は「ああ」と声を出した。

「自己紹介がまだだったな。大槻奏斗だ」

彼は言って右手を差し出した。

「あ、栗本二葉です」

二葉は右手を伸ばして、奏斗と名乗った彼の手を握った。大きくて温かな手が、二葉の手を軽く握って離れる。

「部屋の準備に少し時間がかかるらしい。それまで近くのカフェで時間を潰そう」

カフェと聞いてまたもやお腹が鳴りそうになり、二葉は腹筋に力を入れた。

（さすがに二度もお腹の音を聞かれるのは恥ずかしい）

どうにか耐えて、そろそろと顔を上げた。

まだ頬に熱が残る二葉を見て、奏斗はわずかに目を見開いたが、すぐに小さく笑みを零した。

（笑われちゃった）

なんだか彼には恥ずかしいところばかり見られているような気がする。

奏斗が二葉のスーツケースのキャリーバーに手をかけた。

「それじゃ、行こう」

「あっ、自分で運びます」

二葉が慌ててキャリーバーに手を伸ばすと、奏斗は少し眉を寄せた。

「さっきの男みたいに、スーツケースを盗もうとしたりはしないが」

不満そうに言われて、二葉はさらに慌てる。

「あっ、そうじゃなくてっ。衣類もたくさん入ってますし、なにより本もぎっしり詰めてるんで、ほんとに重いんですっ。そんなのを運ばせるなんて申し訳なくて……っ」

言い訳するように早口で言うと、奏斗はふっと表情を緩めた。

「冗談だ。君より力があるんだから、素直に頼るといい」

「えっ」

「いいな？」

奏斗は念を押すように顔を近づけた。その表情と言葉が頼もしくて、二葉の胸が小さくトクンと音を立てた。

心細い気持ちはすっかり消えていた。

夢のような時間

（わぁ……）

テーブルに置かれたティースタンドを、二葉は目を輝かせて見つめた。

細い金色のスタンドに、縁が花弁のような形をした白い大皿が三枚。一番下の皿にはキュウリとスモークサーモンのサンドイッチ、二段目の皿には素朴な見た目ながら焼き色がおいしそうなスコーン、一番上の皿にはフルーツののったプチタルトとプチケーキ、それにカラフルなマカロンがのっている。

ガイドブックや雑誌で見るような三段になったティースタンドだ。

これまで二葉はひとりで行動していたため、実は本格的なアフタヌーンティーをまだ体験していない。伝統的なアフタヌーンティーを味わってみたいと、ずっと憧れていたのだ。

（どうしよう、すごく嬉しい！）

奏斗が「カフェ」と言っていたので、彼と出会ったようなカジュアルな店を想像していた。けれど、ここはアンティーク調のテーブルや椅子がとてもエレガントな雰囲気で、高級感があった。

憧れのアフタヌーンティーを前にして、気分はすっかり高揚していた。

「いただきます」

二葉は小声で言って、まずはサンドイッチを手に取った。食べやすいサイズのそれは、具材の新鮮なキュウリにスモークサーモンの塩味がちょうどいいバランスだ。

「おいしい。いくらでも食べられそう」

空腹に染み渡るようで、二葉はため息混じりに呟いた。奏斗は向かい側の席で紅茶を飲んでいたが、二葉の様子を見て目元を緩める。

「元気になったようでよかったよ」

「はい、おかげさまで。連れてきてくださって、ありがとうございました」

二葉は持っていたサンドイッチを口に入れたが、奏斗が食べる様子がないので、もぐもぐして飲み込んでから口を開く。

「大槻さんは食べないんですか？」

「俺はいい」

「えっ？」

「君のほうがお腹が空いてそうだから。いくらでも食べて構わないよ」

奏斗にニヤリとされて、二葉は目を見開いた。

「あ、あれは言葉のあやというか……！　全部食べようと思って言ったわけじゃないんですっ。私、そんなに食い意地張ってません！」

二葉の言葉を聞いて、奏斗はクククッと笑った。

「冗談だ」

二葉は小さく頬を膨らませる。

（昨日会ったときは紳士みたいな人だと思ったのに、意外と意地悪なんだ）

「あんまり君がおいしそうに食べるから、たくさん食べさせてあげようと思っただけだ」

「でも、さすがにひとりで全部は食べられません。それに、とてもおいしいので、大槻さんもぜひ食べてください」

「君がそう言うなら、そうさせてもらおう」

奏斗は言って、サンドイッチを口に運んだ。

やがてサンドイッチを食べ終えて、二葉はスコーンを手に取った。ふたつに割って、クロテッドクリームとジャムを塗り、パクリと食べる。

「ん！」

優しい甘さの芳ばしいスコーンに、濃厚なクロテッドクリームと甘酸っぱいイチゴジャムが、このうえなく好相性だ。

「おいしい～」

二葉は左手を頬に当てて、ほうっとため息をついた。

「君は表情が豊かなんだな」

紅茶を飲んでいた奏斗が、カップをソーサーに置いて言った。

「そ、そうですか？　まあ、単純でわかりやすいって言われたことはありますけど……」

「確かに裏表はなさそうだ」

「それって褒め言葉じゃないですよね？」

「どう思う？」

奏斗がいたずらっぽい表情になり、二葉はつんと横を向く。

「褒め言葉だって受け取っておきます」

「ああ、そのつもりで言ったんだ」

奏斗の声に笑みが含まれていた。横目で見たら、彼は柔らかく微笑んでいて、二葉もつられて頬を緩めた。

昨日会ったとき、彼は少しよそよそしい印象だったから、こんなにも会話が弾むとは思わなかった。彼と話すのはとても楽しい。

こんなふうに誰かと話が盛り上がったのは、いったいいつ以来だろう。

（会社を辞めて以来……ううん、お父さんとお母さんが亡くなってからは初めてだ……）

二葉が表情を曇らせたのに気づいて、奏斗は眉を寄せた。

「急にどうしたんだ？」

「なんでもありません」

二葉は首を横に振った。

「なんでもないように見えたら訊かない」

「すみません。少し両親のことを思い出してしまって」

「ホームシック？」

正直に両親の話を打ち明けようかと思ったが、いくら彼が話しやすいからといっても、ただ再会して一緒にお茶を飲んでいるだけだ。そんな相手には重すぎる話だろう。

「……いいえ」

二葉は話題を変えようと笑顔を作って奏斗を見る。

「それはそうと、リーフィ・コーポレーションってなんの会社なんですか？」

唐突に話題を変えたからか、奏斗は怪訝そうな表情になった。けれど、二葉が笑みを保っていると、奏斗は一度息を吐いて答える。

「一言で言うと環境コンサルティング会社だ」

「環境コンサルティング会社って、どんなことをするんですか？」

二葉は尋ねてから、気持ちを落ち着かせようと紅茶を一口飲んだ。

奏斗もつられたように紅茶を飲んでから、説明に戻る。

「リーフィは、たとえばビルを建てたり改装したりするときに、できるだけ環境に負荷をかけないような方法を提案するのが主な仕事だ、スプリーム・ホテル・ロンドンもそう。来年、改装予定で、今回はそのためのプロジェクトの打ち合わせをしにロンドンに来たんだ」

「そうだったんですか」

有名ホテルの改装に関わるなんて、きっととてもやりがいがあるだろう。

「ほかにはどんなプロジェクトがあるんですか？」

「そうだな。日本では市街地の緑化事業などに関わったりもしている」

「緑化ってことは、公園を整備したりするんですか？」

二葉の問いを聞いて、奏斗は日本国内の自然公園の名前を挙げた。そこの環境調査や保全計画の立案などを請け負っているのだという。

ネットニュースで話題になっていたので、二葉も知っている大きな公園だった。二葉は驚きながらも素直に感心する。

「わぁ、本当にすごいですねぇ」

「すごい、とはどういう意味だ？」

奏斗の眉間にしわが寄り、口調が硬くなった。二葉は不思議に思いながら答える。

「あ、すみません。抽象的すぎましたよね」

二葉は具体的にどんなふうに感動したのか伝えたくて、記事の内容を思い出しながら話を続ける。

「ネットニュースでその公園が紹介された記事を読んだことがあるんです。もともとの豊かな自然を守りながらも、ずっと愛され受け継がれていくために、子どもも大人も楽しく時間を過ごせる工夫がいっぱいされてますよね？　目先の利益ではなく、ちゃんと将来の利益を考えて整備されている。将来の利益って目に見えにくいから、広く理解してもらうのは、きっとものすごく大変だったはずです。あの公園は本当にすばらしいです！　プロジェクト実施企業を紹介するリンクがあったんですが、クリックしなかったことが悔やまれます。きっとリーフィへのリンクだったはずなのに！」

話しているうちに熱がこもり、つい前のめりになって語ってしまった。そんな二葉を見て、奏斗は驚いたように少し目を見開いた。

彼の表情の変化に気づいて、二葉はハッとする。

（しまった！　夢中になると語りすぎる癖が出ちゃった……）

圭太郎には『ウザい。おまえは学校教師か』と何度か嫌そうな顔をされた。そんなダメな癖が出てしまい、二葉は気まずくなってもごもごと口の中で言う。

「ご、ごめんなさい。専門家でもないのに知ったような口を利いてしまいました。ウザかったですよね」

「いや。そんなことは少しも思わなかった。むしろかわいいと――」

奏斗は言いかけて、左手を口元に当てた。

「えっ」

二葉が目を見開き、奏斗の頬骨の辺りがかすかに染まる。

「すまない、忘れてくれ。親しくもない男にそんなふうに言われたら、気持ち悪いだろう」

「気持ち悪いだなんて……逆に嬉しいです。あんなふうに語って、『おまえは学校教師か』って嫌がられたくらいでしたから」

「そんなふうに言うなんて、その人は学校の先生に叱られた記憶しかないんだろうな。そもそも俺の知ってる学校の先生はみんな優しくて博識だったから、俺なら褒め言葉だと受け取るな」

奏斗の言葉を聞いて、二葉はまさに目から鱗が落ちたような気持ちになった。捉え方ひとつでこんなにも印象が変わるなんて。

かつて圭太郎に言われてへこんだことが、バカみたいに思えてくる。

「ありがとうございます」

「礼を言うのはこちらのほうだ。俺たちの仕事をそんなふうに評価してくれて、本当に嬉しいよ」

奏斗は照れたような笑みを浮かべた。

「環境コンサルティングに進んだきっかけは、なんだったんですか？」

二葉の問いかけに、彼はテーブルの上で手を組んで答える。

「直接的なきっかけがあったわけじゃない。父が建設会社の……仕事をしていたから、俺も最初はそっちに進んだんだ。だが、当たり前のように父と同じ仕事をしているうちに、本当にやりたいことをイメージするようになった」

二葉は首を傾げて彼を見た。

「たとえばどんなふうにですか？」

「建物を設計して建てる仕事もやりがいはあるんだ。でも、古い建物を解体するときに、どうしてもリサイクルできない廃棄物が出る。これからはできるだけ資源を大切にしていかなければいけないのに、会社として対策を講じないことに違和感を覚えた。父と話し合っても平行線で、幹部からも反感を買った。もちろん彼らの言うように、コストを抑えてできるだけ利益を上げることも大切なんだが」

「それは大変だったでしょう」

二葉の言葉を聞いて、奏斗の笑みが苦笑に変わった。

「確かに大変ではあったが、今は好きなことをやってるから、苦労したとは思わないな。違和感を持ちながら働き続けるのが、つらくなっていたから」

「確かにそうですよね。小さな違和感でも、積み重なると、それはもう〝小さな〟ではなく、〝大きな〟違和感になりますよね」

二葉自身も翻訳会社を辞めたのは、自分のやりたいことがほかにあると感じたからだ。

二葉は奏斗に共感しながら話を続ける。

「私も本当にやりたいことを考えて、前の会社を辞めたんです」

二葉は翻訳会社でコーディネーターとして働いていたが、翻訳者になりたくて退職し、今はフリーランスの翻訳者として働いていることを説明した。

「退職するときは周りの人に反対されたんですけど」

応援してくれたのは、両親だけだった。そんな両親が交通事故に巻き込まれて亡くなってから、一年が経つ。

（それなのに、まだ小説の翻訳はできていない）

楽しい気分だったところに、突如、喪失感が蘇った。その感情の落差に耐えきれなくて、二葉は唇を引き結んで視線を落とした。

二葉の表情を見て、奏斗は訝しげに問う。

「だが、今は翻訳者として仕事をしているんだろう？　それなら夢は叶ったんじゃないのか？」

「半分は叶ったと言えるかもしれません。でも、今仕事として依頼されるのは、海外の企業の広報とか、国際機関の報告書や研究論文の翻訳なんです。私はどうしても小説の翻訳がしたいんです。読者をドキドキワクワクさせてくれる外国の物語を、日本に紹介したい。そして、応援してくれてた両親に早くいい報告をしたいんです」

二葉の言葉を聞いて、奏斗は眉を曇らせた。

「応援してくれてた？」

「あ」

二葉はスコーンを持っていた手を下ろして、小声で続ける。

「両親は……一年前、事故に巻き込まれて亡くなったんです」

二葉の言葉を聞いたとたん、奏斗の表情が歪んだ。

「すまない。そうとは知らず、さっきはホームシックなどと、デリカシーのないことを言った」

奏斗の沈痛な面持ちを見て、二葉は慌てて首を横に振った。

「いいえ！　私のほうこそ、雰囲気が暗くなるってわかってたのに、つい言ってしまって……」

「言ってしまったなんて、そんなふうに言わないでくれ」

テーブルに沈黙が落ちた。

二葉はなにか言わなくちゃと思って、思いつくままに言葉を発する。

「小説翻訳は狭き門で……会社を辞めるときにも、当時付き合ってた彼に『フリーランスなんて不安定な仕事を選ぶなよ』って猛反対されて、関係がぎくしゃくしてしまったんです。私自身、そう簡単に夢が叶うとは思ってなかったんですけど、でも両親は応援してくれて」

恋と夢、どっちも諦められなくて悩んでいたとき、『どちらも諦めずにがんばってごらん』と両親が背中を押してくれた。

けれど、二葉が翻訳会社を辞めて一ヵ月もしないうちに、圭太郎は浮気をして新しく恋人を作っていた。

夢が叶っていないうえに、恋まで失ってしまった。

今でも、仕事が途切れたり、思ったような仕事がもらえなかったりすると、圭太郎の言葉が耳に蘇って苦しくなる。

後悔なんてしたくないのに、してしまいそうになる。

心が重く冷たく沈んで下唇を噛みしめたとき、テーブルに置いていた右手に、温かく大きな手が重なった。

驚いて顔を上げたら、奏斗がテーブルの反対側から左手を伸ばしていた。

彼は思いやりのこもった表情で、二葉の右手をゆっくりと包み込む。

「大丈夫。君の夢はきっと叶う。強い気持ちを持っていれば、努力は必ず実を結ぶはずだ」

「そう、でしょうか……？」

二葉は揺れる気持ちのまま、おずおずと言った。

「もちろんだ。自然公園の整備に関わる、という夢をひとつ叶えた俺が保証する」

奏斗は茶目っ気のある表情で言ったが、二葉の目を覗き込み、諭すような口調になる。

「努力は、間違いなく夢に近づく一歩だ」

その言葉は、二葉の胸の深いところにすとんと落ちた。そこからじわじわと熱のようなものが込み上げてくる。

「ありがとうございます。夢を叶えた先輩にそんなふうに言われたら、心強いです」

「とはいえ、俺もまだひとつしか夢を叶えていない。俺は欲張りだから、まだまだ叶え続けるつもりだ」

紳士のような物腰の彼に『欲張り』という言葉がどうにも似合わなくて、二葉は思わず笑みを零した。

「大槻さんはカッチリしたスーツが似合う、物腰の柔らかな紳士のようなイメージだったんですが、意外と欲深いんですね」

二葉の言葉を聞いて、奏斗は小さく笑い声を立てる。

「おっと、せっかくのイメージを壊さないように、これ以上の本性は隠しておかなければ」

奏斗のおどけた表情を見て、二葉もつい「ふふっ」と笑った。自分の口から零れた笑い声に、久しぶりに声を出して笑った、と気づく。

(大槻さんと一緒にいると本当に楽しい)

けれど、楽しい時間はあっという間に過ぎる。ティースタンドの皿もティーポットも、いつの間にか空になっていた。

そろそろカフェを出なければいけないだろう。いつまでも彼を引き留めていてはいけない。

だけど、もう少し彼と話していたい。

そんな気持ちが心の中でせめぎ合う。

(思い切ってディナーに誘ってみようかな。でも、今食べたばっかりだから、断られるかも……)

そもそも二葉自身もお腹いっぱいだった。

二葉は名残惜しい気持ちで奏斗を見た。奏斗は窓のほうに顔を向けていたが、二葉の視線に気づいて彼女のほうを見た。

「そろそろ部屋の準備ができたんじゃないかな」

「あ……そうですよね」

せっかく彼が手配してくれたのだから、チェックインしなければ。

二葉はがっかりして肩を落とした。

奏斗が店員に会計の合図をすると、パリッとした制服姿の店員が、レシートを挟んだホルダーを持ってきた。

奏斗はレシートにチップの金額を記入して、クレジットカードをホルダーに挟む。店員が席を離れ、二葉はバッグから財布を取り出した。

「私のほうがたくさん食べましたので」

二葉は多めに紙幣を差し出したが、奏斗は首を軽く横に振った。

「構わない。楽しい時間を過ごさせてもらったから」

「でも、それは申し訳ないです」

二葉が言ったとき、店員が再び現れ、奏斗にクレジットカードを返した。

奏斗はそれをカードケースに入れたが、二葉がお札を握ったままなのを見て、口元を緩めた。

「じゃあ、チェックインを済ませたら、バーに付き合ってくれないか？　ホテルの最上階に雰囲気のいいバーがある」

　奏斗の言葉を聞いて、二葉は胸が高鳴るのを感じた。

「はい！　ぜひ！」

「それじゃ、行こうか」

　奏斗に促されて、二葉は彼に続いた。入り口で、預けていたスーツケースとバックパックを受け取ると、奏斗がスーツケースを引いて歩き出した。二葉は急いで彼に並ぶ。

「ありがとうございます」

　二葉の礼の言葉に、奏斗は軽く頷いた。

　まだ彼と一緒に過ごせるのだと思うと、不思議と二葉は足取りが軽くなる。

　カフェを出て通りを少し歩くと、向かい側に大きなホテルが見えてきた。壮麗なその建物は、まるで宮殿のようだ。

「わあ……」

　豪華なのは外観だけではない。

　ホテルの入り口では、制服を着たドアマンがドアを開けてくれた。荷物はもちろんポーターが運んでくれる。フロントやエレベーターホール、廊下などに花が飾られていて、艶のあるダークブラウンの調度品や上品な内装は、中世ヨーロッパの貴族の邸宅を思わせる。

（すごい。お姫さまか貴族の令嬢にでもなった気分）

案内された部屋は、白を基調にした明るい部屋だった。さすがエグゼクティブとつくだけあって、入ってすぐのところはリビング・ダイニングになっていた。折り上げ天井には小ぶりのシャンデリアが輝いている。

左手にはアンティーク調のローテーブルとソファがあり、ウェルカムサービスのチョコレートとショートブレッドが籐製のカゴに入っていた。さらにシャンパンなどが冷やされたミニバーもある。

正面奥は大きな窓になっていて、ハイド・パークが見下ろせた。右手にはドアがふたつあって、そのうちのひとつがベッドルームだ。ポーターに荷物を運び入れてもらったときに見たが、ベッドもとても広くて大きい。

ポーターが出ていき、二葉は奏斗を見る。

「あの、バーってドレスコードがありますよね？」

「そうだな」

「じゃあ、着替えてから行きます。バーで待ち合わせましょう」

「わかった。それじゃ、後で」

奏斗が出ていき、二葉はベッドルームでスーツケースを開けた。ちょっといいレストランに行くときのために、膝下丈の濃紺のワンピースを持ってきていたのだ。シックなデザインながら、肩から胸にかけてレースになっていて、適度な華やかさもある。メイクを直して、パンプスに履き替え、クラッチバッグを持って部屋を出た。

(ラグジュアリーホテルのバーってどんなのだろう)

ドキドキしながら、エレベーターで最上階に向かった。バーの入り口には制服姿の案内係がいて、二葉に声をかける。

『こんばんは。おひとりですか?』

『いいえ、待ち合わせです』

『お連れさまはいらしてますか?』

二葉は広い店内を見回した。バーは映画に出てきそうな洗練されたクラシックな雰囲気だ。手前にテーブル席が十五ほどあったがほとんど埋まっていて、奏斗はカウンター席に座っていた。

『はい、カウンターに』

『ご案内いたします』

案内係に先導されてカウンター席に近づくと、気配に気づいて奏斗が振り向いた。

彼は白いシャツにチャコールグレーのスーツを着ていた。大人っぽいボルドーのネクタイがとてもよく似合っている。

（かっこいい）

「大槻さん、お待たせしました」

二葉が奏斗の左隣のスツールに座ると、彼は二葉をじっと見た。

「きれいだ」

彼のまっすぐな視線にドギマギしながら二葉は口を動かす。

「お、大槻さんもステキです」

「ありがとう」

二葉はまだ落ち着かない鼓動をなだめるように、ゆっくりと息を吐き出した。それからカウンターを見回す。

日本では、会社員時代に同僚とバーに行ったことはあるが、それはもっと庶民的なバーだった。外国の、それもこんな大人な雰囲気のバーに来たのは初めてだ。カウンターでビールを注文して気軽に飲む伝統的なパブとは違って、やはり緊張する。

(メニュー表は……やっぱりないよね。どうやって注文しよう)

バーで出されるドリンクに詳しくなくて、スマートな注文の仕方がわからない。

二葉が戸惑っていたら、奏斗が口を開く。

「どんな味が好き?」

「えっと、そうですねぇ、少し甘い爽やかな味が好きです」

「それなら、お薦めのカクテルがある」

奏斗はカウンターの向こうにいたバーテンダーに視線で合図を送った。四十代半ばくらいのバーテンダーが静かに奏斗に歩み寄る。

奏斗が声を潜めてバーテンダーになにか伝え、バーテンダーは微笑んで軽く頷いた。

(なにを注文してくれたんだろう)

二葉はドキドキ半分、ワクワク半分でバーテンダーを見た。

バーテンダーは振り返って、背後の棚にたくさん並んでいるボトルから、一本を手に取った。

(なんのリキュールかな?)

二葉がラベルの文字を読み取ろうと目を凝らした瞬間、バーテンダーはいきなりボトルを投げ上げた。

「えっ」

二葉は思わず声を上げてしまい、慌てて両手で口元を押さえた。

その間に、バーテンダーは落ちてきたボトルをすばやく右手でキャッチし、左手にステンレス製のカップ、ティンを持ったかと思うと、BGMに合わせて投げ上げた。

（あっ）

二葉はどうにか驚きの声を呑み込んだ。

（これ、知ってる！）

映画で見たことがあった。三十年以上も前のアメリカの映画だが、超大物俳優が若い頃主演していたのもあって、今でも有名な映画だ。一獲千金を夢見てバーで働く若者が、ボトルやシェーカーを使って曲芸のようなパフォーマンスをしてカクテルを作っていた。

（確かフレア・バーテンディングって言うんだっけ）

バーテンダーは右手を体の後ろに回して、背後からボトルを投げ上げた。彼の頭上を越えて落ちてきたボトルが、体の前で構えたティンに吸い込まれるようにすとんと収まる。

そうして彼はボトルとティンを軽やかにジャグリングし始めた。彼の体の前で、後ろで、肩の上で、頭上で、ティンが、ボトルが、軽やかに飛び回る。

(わあ、すごい!)

二葉は夢中になって、バーテンダーの動きを見つめた。彼は曲に合わせてボトルとティンを交互に投げ上げながら、その場で一回転する。

彼は落ちてきたボトルのネックを右手で難なくキャッチして、淡い蜂蜜色の液体をティンに注いだ。そのままボトルをカウンターに置いて、今度は別のティンを取り上げ、ふたつのティンを同時に投げ上げた。

(零れるっ)

二葉は息を呑んだが、ドリンクを一滴も零さず、ティンは再びバーテンダーの手の中へ。彼は右手のティンを軽く振り上げ、中身だけを飛ばした。一直線に伸びた蜂蜜色の液体が、スローモーションのように彼の左手のティンに吸い込まれていく。

もうバーテンダーの動きから目が離せない。

ボトルを落とさないだろうか、中身が零れないだろうか。見つめる二葉はハラハラドキドキだ。

ボトル二本でジャグリングしていたバーテンダーは、一本から紅色のドリンクを、もう一本から透明のドリンクをシェーカーに注いだ。それに氷を加えて、濾し器(ストレーナー)とキャップを被せる。シャカシャカと小気味いい音を立ててシェークした後、キャップを外して中身をカクテルグラスに注いだ。透き通った紅色で満たされたグラスを、コースターにのせて二葉の前に置く。

『お待たせしました。ロンドンでのステキな出会いをイメージしたカクテル、ハッピー・ミーティングです』

『ありがとうございます』

二葉は思わず拍手をした。ほかの席からも拍手が上がる。

『俺はマティーニを』

奏斗の注文に、バーテンダーは今度はパフォーマンスをせずにカクテルを作って給仕した。

「ハッピー・ミーティング」

奏斗が言って、グラスを軽く持ち上げた。

「ハッピー・ミーティング」

二葉も同じようにグラスを持ち上げる。一口含むと、ほのかにリンゴの香りがして、爽やかな甘さが心地よく喉を通った。

「おいしいです」

「よかった」

奏斗は一度頷いて、グラスに口をつけた。

「さっきのはフレア・バーテンディングっていうんですよね？　映画で見たことがあります」

「同じ映画、俺も知ってる。あのバーテンダーはその映画に憧れて、やり始めたらしいよ。特別なときに頼むとパフォーマンスを見せてくれる」

「特別なとき……？」

「ああ、君とのこの出会いだ」

奏斗の言葉に心臓が跳ね、二葉はそれを悟られないように、カクテルをゴクリと飲んだ。

（ダメダメ、落ち着かないと。彼はただ気を遣ってバーに誘ってくれただけなのに）

社交辞令を真に受けたらいけないことは頭では理解している。けれど、気の利いたセリフを言われ慣れていないせいで、心臓がいちいち大げさに反応する。

（でも……私にとって、大槻さんとの出会いはとても特別だった）

アルコールの影響か、体と心がほんのり温かくなってきた。その気持ちに押されるまま、口を動かす。

「大槻さんに出会えてよかったです」

本を入れた紙袋が破れたときは恥ずかしかったし困ったが、あのおかげで奏斗と知り合えたようなものだ。

「二度も助けてもらいました」

「俺も君と出会えてよかった」

奏斗がふわりと微笑み、その優しげな笑みに二葉ははにかみながら答える。

「そう言ってもらえると嬉しいです。ご迷惑ばかりおかけした気がしてるので」

「迷惑だなんて思っていない。イギリスは俺の好きな国だから、嫌な思い出は持ってほしくなかったんだ」

「私もイギリスが好きです。子どもの頃、イギリスが舞台のファンタジー小説をたくさん読んで、ずっと行ってみたいなって思ってたんです」

「本が好きだから、あんなに本を買ってたのか？」

「それもあるんですが、夢のためなんです」

二葉は持ち込みをするために、本をたくさん買ったことを説明した。

「そうだったのか。あの量を見たときは、ものすごい読書家なのかと思ったんだ」

「読書は大好きですよ。今回は本を買うのもひとつの目的でしたが、実際に本に出てきた場所や建物を見ることができて、すごく嬉しいんです。大槻さんはお仕事でイギリスに来られたんですよね？　仕事をしているからイギリスが好きなんですか？」

　奏斗は少し考えるような表情になって、カクテルグラスを置いて答える。

「父と意見が合わなくて仕事を辞めた話はしただろう？」

「はい」

「その後、イギリスの大学院に留学したんだ」

「そうだったんですか！」

「ああ。いろいろ調べて、俺のやりたいことを一番深く学べるのが、そこだったから。院を卒業した後はロンドンの環境コンサルティング会社で二年働いた。その後日本に戻ったんだが、今の仕事ではそのときの経験や人脈が大いに役立っている。今の俺があるのは、そのおかげなんだ」

　彼もとても努力したのだ。しかも、父親に反対されている状態で。

「がんばったんですね」

「そうだな、確かに努力はしてたんだろうけど、あまり自分では〝努力した〟って気はしない。楽しかったし、夢中だった。今でも、仕事を前にしたらワクワクする」

「あ、それ、わかります！　私が今読んでる本は五百ページあるんです。さすがに分厚いなぁ、全部読むのにどのくらい時間がかかるんだろう、大変そう……って思う反面、どんなストーリーなんだろうってワクワクするんです！」

「その感じ、わかるなぁ。困難なことほど燃えるっていうか」

「ですよね⁉」

お互いまったく違う分野なのに、はっきりと夢を描いてそれに向かって努力している。その気持ちを語り合い、分かち合う。

こんなにも胸が躍る感覚は初めてだった。

二杯目のカクテルを飲み終えたときには、酔いが回ってきたようで、ふわふわして楽しい気分になっていた。

二葉は顔が熱くなって頬が緩んでいるのに、奏斗のほうはバーに来たときから変わっていない。

「大槻さんはお酒に強いんですか？」

二葉はとろんとした目で奏斗を見た。奏斗はふっと目を細めて、二葉に顔を寄せる。

「少なくとも君よりは強い」

「あはは、またそれですか」

二葉はつい楽しくなって笑い声を上げた。奏斗は小さく首を傾げる。

「また？」

「はい。ホテルを取ってくれた後、カフェに向かうときです。大槻さんがスーツケースを運んでくれようとしたので、私が『自分で運びます』って言ったら、『君より力があるんだから』って。比較級」

二葉がもう一度笑うと、奏斗は苦笑を零した。

「俺が比較級を使ったのがおもしろいのか？」

「うーん、大槻さんが使ったからっていうのではなく、単におもしろいんです。比較級は奥が深くて」

「そうなのか？」

「はい。moreって〝より多い〟とか訳しがちなんですけど、なんでもかんでも〝より〟にすると、訳文が単調になって読みにくいですし。硬い文章だと、〝これまでと比較して〟とか、きちんと比較の対象を訳出したほうがいいときもあるんです」

素直に答えたものの、楽しく飲んでいるときに仕事の話を語ってしまった。

二葉は慌てて謝罪の言葉を述べる。

「ごめんなさい、仕事の話をして」

「構わない。それこそおもしろいからもっと聞きたいくらいだ」

奏斗の優しい言葉に、胸がほわっと温かくなった。酔いも手伝って、考えが言葉となって口から零れる。

「私ね、あのとき、本当に嬉しかったんです」

「なにが嬉しかったんだ？」

奏斗は柔らかな眼差しを向けて、二葉のとりとめのない話を聞いてくれる。

二葉は嬉しい気持ちを込めて奏斗をじぃっと見た。

「『素直に頼るといい』って言ってくれたことです。私、頼れる人が誰もいなくて、ひとりでがんばらなくちゃってずっと思ってたから」

そう言ったとき、カウンターに置いていた二葉の右手に、奏斗が左手を重ねた。

「お、大槻さん？」

二葉は驚いて瞬きをした。

「二葉」

名前を呼び捨てにされて、胸がドキンと音を立てる。

「これからも二葉には俺を頼ってほしい」

奏斗は二葉の手を握り込んで言葉を続ける。

「俺は明日の夜の便で日本に帰らなければいけないが、君との出会いを今日で終わりにしたくない」

強い意志の宿った茶色の瞳に、二葉の顔が映っている。

奏斗の言葉の意味はわかるけれど、彼とはまだ出会って一日しか経っていないのだ。おまけに二葉はすぐ日本に帰るわけじゃない。

二葉は戸惑いながら口を動かす。

「あの、大槻さん」

「奏斗、と呼んでくれ」

彼はかすかに眉を寄せた切なげな表情で言った。

本当は、出会ったときから惹かれていた。一緒にいればいるほど、想いが募っていった。けれど、過去の惨めな失恋を思い出すと、彼のようなステキな人が、どうして自分のような女性にそんなふうに思ってくれるのか、自信が持てない。

二葉がなにも答えられずにいたら、奏斗は二葉の耳元に唇を寄せた。

「二葉」

かすかにかすれた低い声で名前を呼ばれて、二葉は頬を赤くしながらうつむいた。

彼と過ごす時間を終わらせたくない、彼ともっと一緒にいたい。

そう思うけれど……。

二葉は高鳴る鼓動を静めようとしながら、口を動かす。

「私、六年も付き合っていた元カレに、浮気されてあっさり振られたんです。だから、自分に自信が持てないし、誰かを信じるのが怖くて……」

「二葉がためらっているのは、俺のことが嫌いだからってわけじゃないんだな。だったら、よかった」

奏斗の言葉に戸惑って、二葉は瞬きをした。

「え?」

「明日、帰るまでの時間で二葉に俺のことをもっと知ってもらう。そうすれば、二葉は自信が持てるようになるし、俺のことも信じられるはずだ」

奏斗は二葉の右手を持ち上げて、手の甲に軽く口づけた。チラリと上目遣いで視線を投げる。その表情は控え目なダウンライトのせいか、どこか扇情的だ。

彼の色気にあてられそうで、二葉は視線を逸らして言う。

「すごい自信ですね……」

「自分の気持ちに迷いはないからな」

二葉はそっと奏斗に視線を向けた。目が合って、奏斗は片方の口角を引き上げ、ふっと笑みを零す。

「まずは俺を名前で呼ばせてみせる」

そう言った奏斗は不敵な表情をしていた。

それからはドキドキしすぎて、二葉はもうカクテルの味がわからなくなっていた。

「部屋まで送ろう」

三杯目のカクテルを飲み終えたとき、奏斗が言った。彼は二葉より一杯多く飲んでいたが、相変わらず酔っている様子がない。

「大槻さんはまだぜんぜん酔ってなさそうですけど、もう飲まなくていいんですか?」

二葉が上気した頬で奏斗を見たら、彼は笑みを含んだ声で言う。

「これ以上付き合わせて、二葉が明日二日酔いになったら困るからな」

奏斗は立ち上がって、二葉に右手を差し出した。

(掴まっていいってことなのかな?)

二葉は酔って回転しない頭で、ぼんやりとそんなことを思った。

「ありがとうございます」

奏斗の手に軽く右手を乗せてスツールから下りようとした。けれど、思っていた以上に酔っていたのか、足元がよろける。

「きゃっ」

「おっと」

奏斗の左手が二葉の腰に回され、二葉をしっかりと支えた。肩が彼の胸に触れ、服越しでも彼の逞しさがわかる。

「ご、ごめんなさい。今日はこれで三度目ですね。ほんと、昨日今日と助けてもらってばかりで、すみません」

二葉は慌てて奏斗から離れようとした。けれど、彼は二葉を支える手を離さない。

「俺も君に助けてもらった」

「そんなわけ……」

言いかけた二葉の唇に、奏斗は右手の人差し指を立てて当てる。

「俺自身に興味を持ってくれただろう？　嬉しかった」

奏斗は二葉の瞳をじぃっと覗き込んだ。強い眼差しに見つめられて心が揺れ、二葉は視線を逸らす。

「あの、そろそろ」

「ん、そうだな」

奏斗は二葉の腰に手を回したまま歩き出した。力強い腕に支えられて、安心感を覚える。

（でも、日本で再会したら、大槻さんは今と同じように思ってくれるかな……？）

奏斗に想いを伝えられれば伝えられるほど、不安になる。

今、ふたりがいるのは日本から遠く離れたロンドンだ。王さまや王子さま、貴族がいて、魔法使いさえ住んでいそうなファンタジーのような国。夢のような非日常の世界なのだ。

やがてエレベーターが五階に着いた。二葉の部屋に向かって廊下を進む足音が、魔法が解けるカウントダウンを刻んでいるようにも聞こえる。

（大槻さんは明日帰ってしまうんだ）

そうしたら、もう会えなくなるかもしれない。

たとえ非日常という魔法のおかげなのだとしても、彼と過ごした時間は間違いなく大切な時間だ。

そう思うと焦燥感に駆られる。

ほどなく二葉の部屋の前に着いた。

「今日は楽しかったよ。ありがとう」

奏斗は二葉に向き直り、彼女の手を取って指先に軽く口づけた。

離れがたくて、二葉は思わず声を出す。

「あの」

「どうした？」

奏斗が小さく首を傾げた。切れ長の二重の瞳に、熱情が滲んでいる。この熱が消えた瞳を見るのが怖い。

不安で潤んだ二葉の瞳を見て、奏斗の眼差しが強くなった。

「そんな表情で俺以外の男を見つめるなよ」

その言葉に、気持ちが抑えきれなくなる。

「私が見つめたいのは……奏斗さんだけです」

二葉の言葉を聞いたとたん、彼はすっと目を細めた。その表情は男性らしい色気があって、二葉の鼓動が勝手に速くなっていく。

奏斗の柔らかく温かな唇が、二葉の指先を軽く含んだ。

「……んっ、か、なとさん」

二葉の声が上ずった。奏斗はクスリと笑って手のひらに口づける。

「声も表情も甘くてかわいい」

一度目に〝かわいい〟と言われたときと違って、彼の声は熱を帯びてかすれていた。

手のひらに唇を触れさせたまま名前を呼び捨てにされて、二葉は腰が砕けそうになった。そんな二葉を支えるように、腰に彼の手が回される。

「奏斗さん……」

あまりにドキドキして、二葉は喘ぐように名前を呼んだ。

「そんな声で名前を呼ばれたら……自制心を失ってしまいそうだ」

奏斗は少し眉を寄せて、なにかに耐えているかのような表情で言った。

「じ、自制心って……？」

「今すぐ君にキスしたい」

劣情の滲んだ声で囁かれ、声の伝わる耳から脳まで甘く痺れて理性を溶かしていく。ここがどこだか、そんなことを気にする余裕はなくなって、心はただ目の前の彼を求めていた。

二葉は奏斗の手をキュッと握り返して、そっと上目で彼を見る。

無言のイエスを感じ取って、奏斗の左手が二葉の右頰にそっと触れた。熱を帯びた瞳が二葉の目を覗き込む。

「二葉」

「二葉」

「奏斗さん」

奏斗の手が二葉の頬を滑り、顎をすくい上げた。彼が長いまつげの目を伏せて、顔を近づけてくる。つられて目を閉じたら、柔らかな唇が二葉の唇に触れた。

「二葉」

愛おしむように唇を食(は)まれ、二葉は腰の辺りがぞくんと震える。

「あ……」

思わず吐息が零れた。

奏斗の両手が二葉の頬を包み込む。頬を撫でた右手は髪を梳(す)くようにしながら後頭部へ、左手は背中へと下りて、彼のほうにぐっと引き寄せられた。

徐々にキスが深くなり、痺れるような甘い快感が全身に広がっていく。

キスだけでこんなにゾクゾクするなんて。こんなのは初めてだ。

貪るようなキスに体から力が抜けて、二葉はすがるように彼の背中に手を回した。

「ふ……あ……かなと、さん」

奏斗は熱く息を吐いて、二葉の額に彼の額を当てた。

「俺を煽ったのは君だ」

「わ、たし？」

「ああ」

奏斗に強く抱きしめられ、布越しでもわかる逞しい胸に包み込まれて、ドキンドキンと大きな鼓動が頭に響いた。それに共鳴するように、耳元で彼の拍動が聞こえる。

「部屋に入ろうか」

彼の囁き声に、二葉は小さく頷いた。

ドアを開けると、頭上のシャンデリアが点灯した。淡いオレンジ色の明かりの下、奏斗と向き合うと、緊張して体が硬くなる。

「あ、あの、バッグを」

二葉はぎこちない動作でライティングデスクに近づき、クラッチバッグを置いた。

「先にシャワーを浴びる？」

奏斗が後ろに立って二葉の髪をかき上げ、耳にチュッとキスを落とした。

「ひゃっ」

淡い刺激に首筋が震えて、二葉は思わず高い声を上げた。

「俺は一緒に浴びるのでもいいけど」

奏斗の口調にからかうような響きが混じり、二葉はあたふたしながら答える。

「あ、や、先にっ、ひとりで浴びさせてもらいますっ」

　彼は言葉も仕草も余裕があるのに、二葉は慣れていないことがバレバレだ。そんな自分がなんだか恥ずかしくて、二葉は逃げるように彼から離れた。

パウダールームのドアを開けて中に入り、緊張でドキドキしながら服を脱いで、奥のバスルームに入る。

　圭太郎としか付き合ったことがないので、いざとなるとうまく振る舞えるか心配になってきた。

（でも、待たせすぎるのは絶対によくないよね）

できるだけ手早く、けれど念入りに体を洗ってシャワーを浴びた。ホテル備え付けの白いバスローブを着て、スキンケアとヘアケアを済ませる。

「お待たせ、しました」

ためらいがちにパウダールームのドアを開けた。奏斗は窓にもたれて外を眺めていたが、体を起こして二葉に歩み寄る。

「待ってて」

　奏斗は二葉の頬に軽く口づけて、パウダールームに消えた。

　二葉はソファに座ったものの、緊張してそわそわしてしまう。

なにかしていないと落ち着かないので、籐製のカゴの中から、銀色の包装紙に包まれたチョコレートをひとつ手に取った。包みを開けて、楕円形のチョコレートを口に入れる。カリッと噛むと、中のガナッシュが舌の上でとろりと蕩けて、ほんのりとシャンパンの味がした。

「わあ、おいしい」

思わず声が出た。

息を吐いて窓のほうを見ると、外はすっかり暗くなっていた。

二葉は窓枠にちょこんと腰を乗せる。

少し前に読んだ恋愛小説では、ヒロインとヒーローが冬のハイド・パークでデートをしていた。ハイド・パークでは毎年冬に〝ウィンター・ワンダーランド〟というイベントが開かれる。クリスマス・マーケットをはじめ、サーカスやアイスショーなどが開催されて、遊園地のような乗り物やアトラクションも楽しめるのだそうだ。ガイドブックの写真で見たが、観覧車やジェットコースターまであるのだから、大変な賑わいだろう。

三月の今は、もちろんなにもないけれど。

ロンドンの控え目な夜景を眺めていたら、ガラス窓に奏斗の姿が映った。彼も二葉と同じバスローブ姿だ。

「待った？」

「いいえ、大丈夫です」

「夜景を見てたのか？」

奏斗は二葉の横の窓枠に軽く腰を乗せた。

「あ、はい」

奏斗の体温をすぐ近くで感じて、二葉は緊張をごまかすように口を動かす。

「あの、なにか食べますか？　ミニバーにシャンパンもありますし、おつまみもあるかもしれません」

「そうだな、先に一番欲しいものをいただくよ」

奏斗は二葉の手を取って手のひらに口づけた。彼の唇はそのまま二葉の手首へと移動する。くすぐったいようなむずがゆいような刺激に、二葉は背筋がゾクゾクするのを感じた。

「か、なと、さん」

二葉は彼のバスローブの袖をキュッと掴んだ。奏斗は二葉の背中と膝裏に手を添えて、横向きに抱き上げる。

「きゃ。あの、なにか食べるんじゃ……？」

突然の浮遊感に驚いて、二葉は上目遣いで彼を見た。奏斗はいたずらっぽい表情で二葉の唇に軽くキスをする。

「言っただろ、先に一番欲しいものを食べるって」

そのまま彼はリビング・ダイニングを横切って、ベッドルームのドアを開けた。広いベッドの端に二葉を座らせて、隣に腰を下ろす。

奏斗は二葉の顎をつまんで目を覗き込んだ。熱を孕んだ彼の瞳に二葉の顔が映っている。

「なにより君が欲しい」

「私も奏斗さんが欲しいです」

囁くように本当の気持ちを伝えた。奏斗の手が後頭部と腰に添えられ、二葉をそっとベッドに押し倒す。

「二葉」

唇が重なり、彼の舌が二葉の唇をなぞった。誘われるように唇を開くと、その隙間から彼の舌が滑り込み、口内を愛撫するように撫で回した。

「ん……ふ……」

「甘いな」

二葉がつい吐息を零すと、奏斗は片方の口角を引き上げて笑った。野性的にも見えるその表情に、二葉の鼓動が跳ねる。

「チョコレートを食べたから……」

「表情も声も蕩けそうなのは、チョコレートのせいなのか？」

奏斗は拗ねたような口調で言って、バスローブから覗く二葉の肩に軽く歯を立てた。

「やんっ」

思わず甘い声を上げてしまい、二葉は顔を赤くして手の甲を口に押し当てた。その手を奏斗はやんわりと握ってシーツに押しつける。

「二葉の身も心も蕩かせるのは俺がいい」

まっすぐ見下ろす奏斗の瞳には、はっきりと欲情が浮かんでいた。

こんなふうに一途に求められて、嬉しくて胸が震える。

たとえ彼がひとときの魔法にかかっているのだとしても。

「奏斗さん……」

彼を求めて名前を呼ぶと、引き寄せられるように奏斗の唇が二葉の唇に重なった。

キスはすぐに深くなる。彼のキスに夢中で応えているうちに、腰紐が解かれ、柔らかなバスローブの前をはだけさせられた。

恥ずかしいと思う間もなく、彼の大きな手が肌に触れる。素肌を丁寧になぞられるたびに、そこから淡い刺激が広がって、体温が徐々に上がっていく。

「奏斗さん」

「二葉、きれいだ」

甘く艶めいた声で囁かれて、うっとりしてしまう。

初めて見たときは、紳士的なイケメンだと思った。

一日にも満たない時間だけど、一緒にいるうちに、いつの間にか彼が心の中にいた。

この広い世界でこんなふうに出会って恋に落ちるなんて。

(小説や映画みたい)

そんなことを思ったとき、柔らかな肌に彼の温かな唇が触れた。

「あ……っ」

チリッとした痛みが走って、視線を向けたら、胸元のほくろの隣に紅く小さな花が咲いていた。

「こんなところにほくろがあるんだ」

奏斗が膨らみに唇を触れさせたまま言った。吐息が肌にかかって、その刺激に思わず体を震わせる。

「ん……っ」

「ここが弱いんだな」

彼が小さく笑みを零し、肌にあちこち口づける。そのたびに甘く痺れるような快感が背筋を走る。

「あ……奏斗さんっ」

「二葉の心も体も全部もらうから」

独占欲に満ちた彼の言葉に、目の奥がじんわりと熱くなった。

二葉は両手を伸ばして奏斗の首に絡ませた。

「二葉」

奏斗が二葉を抱きしめる。彼のバスローブの胸元がいつの間にかはだけていて、二葉の柔らかな肌に彼の逞しい肌が重なった。吸いつくようにピタリと肌が触れ合い、腕や腰でもたつくバスローブの生地がひどく邪魔に感じる。まだひとつになれていないことがもどかしい。

「んぅ、奏斗さん」

その気持ちのまま彼を呼んだら、奏斗の手がバスローブの下に潜り込み、お腹から太ももへとゆっくり滑り降りた。長い指先が脚のつけ根をなぞり、そのまますうりと中へ侵入して、二葉はビクリと身を震わせた。

「こんなに俺に感じてくれているんだ」

　奏斗の低い声が耳元で言った。

「や……恥ずかし……」

　羞恥心から頬を染めたら、耳たぶにキスが落とされた。

「二葉が俺を欲しがってくれてるんだってわかって、俺は嬉しいんだよ」

　彼の吐息が首筋にかかった。淡い痺れが全身に走ると同時に、羞恥心が消えていく。

　彼の長い指が沈み込み、二葉の中を掻き乱す。粘着質な水音が徐々に高くなるとともに、体の中心から快感がうねるように高まっていく。

　勝手に甘い声が零れて、脚がビクビクと震える。

「あぁぁっ」

　全身を呑み込むように熱が盛り上がって、快感が弾け飛んだ。

「は……あ、奏斗、さん」

　二葉の体からくたりと力が抜けて、奏斗は甘く微笑みながら二葉の唇に口づけた。

「すごくきれいだ」

　奏斗は二葉の太ももを持ち上げて彼の腰に絡ませた。

体の中心に熱くて硬いものが押し当てられる。

「いい？」

そう言いながら二葉を見下ろす奏斗の瞳には、焦燥感のようなものが滲んでいた。

（こんな余裕のない表情もするんだ……）

そんなことをぼんやりと思いながら、こくりと頷いた。

奏斗がゆっくりと腰を進める。

「ん、んぅ……っ！」

押し入ってくる圧迫感に、二葉は息が止まりそうになった。あまりの重量感に思わず眉根を寄せる。

奏斗はハッとしたように動きを止めて、二葉をそっと抱きしめた。

「苦しい、か？」

「だ、大丈夫、です」

（初めてでもないのに……！　こんな反応をしたら彼が冷めちゃう）

その不安から二葉は表情を繕って首を小さく横に振った。

「我慢するな。二葉が満たされないと俺も満たされない」

「そ……なんですか？」

「ああ、そうだ」

二葉が奏斗を見ると、彼はそっと二葉の頬を撫でた。それでも、彼は耐えるようにかすかに眉を寄せている。

「奏斗さんも……苦しいの？」

「苦しいけど、二葉の苦しさとは違う。俺はただ……二葉が欲しくてたまらないんだ」

少しかすれた声で奏斗が言った。

本当なら今すぐにでも動きたいだろうに、二葉を気遣ってくれているのだ。

（なんて優しい人なんだろう……！）

そのことにたまらなく胸が熱くなった。

好きな人と体を重ねる。その本当の意味がようやくわかった気がする。

「私も奏斗さんが欲しくてたまらないです」

二葉は手を伸ばして、奏斗の張りのある頬にそっと触れた。

「二葉、好きだよ。大好きだ」

奏斗は熱っぽい声で囁きながら、ゆっくりと腰を押しつけた。奥までぐっと貫かれて、全身に痺れるような快感が走る。

「あ、あぁっ」

中を深く埋められて苦しいぐらいなのに、胸の奥から熱いものが湧き上がって、全身を温かく満たしていく。

奏斗がゆっくりと腰を動かし、二葉は彼の逞しい肩にすがりついた。愛おしさが募り、目の奥がじんわりと熱くなる。

だけど、忘れてはいけない。これは非日常が見せる魔法。ロンドンを離れたら、解けてしまう魔法。

それはわかっていた。けれど、溺れそうなくらい彼に愛されて、泣きたいくらいに幸せだった。

ふっと目が覚めたとき、部屋の中はまだ薄暗かった。

昨夜は互いを求めるままに体を重ねて、心地よい疲労感に包まれて眠った。目覚めた今、全身が気だるい幸福感に包まれている。

頭の下には逞しい腕があって、背後から奏斗に抱きしめられていた。

(奏斗さんのことは絶対に忘れられないだろうな)

この出会いは、ひとときの魔法。恋が終わらないように、きれいな夜の思い出のまま大切にしよう。心を預けた人にまた裏切られるのはつらすぎるから。

（『頼ってほしい』って言ってくれて、嬉しかったです）

二葉は奏斗の腕の中からそっと抜け出そうとした。奏斗の腕がぴくりと動いて二葉をギュッと抱きしめる。

「ん、二葉……？」

耳元で彼の眠そうな声がした。

「奏斗さん、まだ暗いです。もう少し寝ましょう？」

「二葉は……？」

「私はお手洗いに」

「すぐ戻ってきて」

少し甘えたような口調に胸がキュッとなる。額の上で乱れた少し長めの前髪、閉じた切れ長の目、きれいな鼻筋、少し開いた唇。

彼のすべてを目に焼きつける。全部、全部愛おしい。

「奏斗さん、大好きです」

二葉は囁くように言った。奏斗は再び眠ったようで、なにも答えない。

「ステキな時間をありがとうございました」

二葉は声を出さずに言って、彼の唇にお別れのキスをした。

紳士の正体

〝夢のような時間をありがとうございました。どうかお元気で〟

想いが通じ合ったと思って肌を重ねた女性が、翌朝、そんなメモ書きと部屋代だけを残して、奏斗のもとを去った。そのショックは、大規模なプロジェクトが白紙になったときよりも大きかった。

奏斗がいないと進まないプロジェクトがあったため、ロンドンから予定通り帰国した。けれど、どうしても二葉のことを諦めきれなくて、仕事を請け負ったことのあるイギリスのホテルに問い合わせたりもしたが、収穫はなかった。

(あれから三週間近く経ったから、二葉も日本に帰ってきているかもしれない)

次の日も一緒に過ごせるものだと思っていたから、二葉がどれくらいイギリスに滞在する予定だったのか、日本のどこに住んでいるのか、なにも訊いていなかった。

(だが、絶対に捜し出す)

決意を新たにしながら、リーフィ株式会社の入るオフィスビルの地下駐車場で車を降りた。駐車場からビルに入り、エレベーターを待つ。

ポンと電子音がしてエレベーターのドアが開いた。奏斗が乗り込んだ直後、駐車場に続くドアが開いて、副社長の佐久間功成（さくまこうせい）が入ってきた。彼は大学時代からの友人で、奏斗がリーフィを起業するとき、志に賛同して、勤めていた建築デザイン事務所を退職して手伝ってくれた頼れる男だ。

「おはよう」

奏斗が開ボタンを押して待っている間に、功成が乗り込んできた。

「おはよう」

ドアが閉まって、エレベーターが動き出した。

週明けの月曜日だというのに、功成は眠そうだ。彼はあくびを噛み殺してから、奏斗を見る。

「そういや、例のロンドンの彼女のこと、なにかわかったのか？」

「いや」

「どんな美人に迫られてもなびかなかったおまえが、そんなふうに必死になるなんてなぁ。よっぽど惚れてるんだな」

功成はしみじみとした口調で言った。奏斗は口元を歪める。

「あのとき俺たちが惹かれ合ったのは、運命としか言いようがないんだ。絶対に見つけ出してみせる」

　奏斗は自分に言い聞かせるように言った。功成は小さく苦笑を浮かべる。

「さっさと素性を明かしていれば、そんなもどかしい思いをせずに済んだだろうに。新進気鋭のベンチャー企業、リーフィ株式会社の最高経営責任者（CEO）兼社長ってだけで、女性が寄ってくるのに」

「彼女はそんな女性じゃない」

　奏斗の険しい口調を聞いて、功成はバツが悪そうな表情で後頭部を撫でた。

「すまん。だからこそ、おまえはどうにかして捜し出そうとしているんだよな」

　そのとき、エレベーターが一階に到着して、同じビルに入る別の会社の社員が数人乗り込んできた。

　奏斗は息を吐いて、功成から視線を逸らす。

（あんなふうに人を好きになったのは初めてだったからか……彼女のことになると余裕がなくなってしまう）

　本が散らばったから、親切心で拾うのを手伝った。

　紙袋が破れて困っていたから、宣伝用のエコバッグを渡した。

　必要以上に親しくなって、外見や肩書きに興味を持たれたら面倒だから、それだけにとどめておいたのに。

二度目に会ったとき、言葉を交わすたびに惹かれていって、バーで彼女が垣間見せた愛らしさに庇護欲と独占欲が煽られた。あんなにも誰かを欲しいと思ったのは初めてだった。

やがてエレベーターが十階に到着して、奏斗は功成と一緒に降りた。十階ワンフロアがリーフィの本社オフィスで、奏斗と功成以外に百名弱が働いている。

奏斗は自動ドアから中に入った。奏斗に続いて中に入りながら、功成が言う。

「その彼女……翻訳者だって言ってたよな。本とか出してないのか？」

「そう思ってオンライン書店で検索してみたんだが、見つからなかった」

「そうか。翻訳者名が載らない場合もあるもんな」

奏斗はパーティションで仕切られた広いオフィスに入った。ほとんどの社員がすでに出社していて、奏斗たちに挨拶をする。

「おはようございます」

「おはよう」

二十代から三十代前半まで、比較的若い社員が多い。奏斗はコーヒーブリュワーのコーヒーをカップに注ぎ、奥にある社長室に入った。すぐに、奏斗より二歳年下の男性秘書がタブレットと雑誌を持って近づいてくる。二年前、リーフィ設立直後に採用した。他社で秘書の経験を積んだ頼れる人材だ。

「おはようございます、社長」

「おはよう」

秘書はタブレットを見ながら、今日の予定を読み上げていく。

「……それから、午後三時に大槻ホールディングスで事業部長との会議がありますので、二時二十分にお車を準備いたします」

「ああ。スライドを用意していたんだが、あちらの社長のためにプリントアウトの用意を頼む」

「あ、お父さま用ですね。承知しました。フォントサイズを大きめにしておきます。それから、こちらは社長のインタビュー記事が掲載された雑誌です。週末にお礼状と一緒に届いていました」

秘書は一冊のビジネス誌を奏斗に向けた。大きくプリントされた雑誌名の下に、〝世界が注目する日本人〟という文字と一緒に奏斗の顔写真が掲載されている。

「いい写真ですね。事業に誇りを持っている様子が伝わってきます」

秘書の言葉を聞いて、奏斗は顔をしかめた。インタビュアーに新規プロジェクトについて説明しているときの写真のようだ。

「それはそうだが、自信過剰に見えそうだな」

「大丈夫ですよ。女性読者のハートを鷲づかみにするでしょうけど」

秘書の軽口に、奏斗はぼそりと答える。

「鷲づかみにしたいのはひとりだけだ」

「え？」

聞こえなかったらしく、秘書は「なんとおっしゃいましたか？」と続けた。

「なんでもない。ありがとう」

秘書は一瞬不思議そうな顔をしたが、すぐに「失礼いたします」と一礼し、雑誌をデスクに置いて社長室を出て行った。

奏斗は雑誌にチラリと視線を向ける。

ビジネス誌なので、読者層は限られているかもしれないが、二葉の目に留まらないだろうか。

（二葉、どこにいるんだ……）

奏斗は零れそうになったため息を、コーヒーと一緒に飲み込んだ。

手の届かない人

規則的な振動音が聞こえてきて、ベッドで寝ていた二葉はぼんやりと目を開けた。

奏斗と別れた日にバースへ行き、それからいくつか都市を巡った。今は蜂蜜色の石造りの家々が並ぶコッツウォルズ地方の村に、一週間滞在している。

カーテンの外はまだ暗い。

二葉は目をこすりながらヘッドボードに手を伸ばした。そこに置いて充電していたスマホのライトが点滅している。

（今何時？）

画面を見たら、午前四時十分という時刻表示の下に、知らない日本の番号が表示されていた。

（こんな時間にいったい誰……？）

応答しようか迷う。

イギリスでは早朝だが、日本では午後のはずだ。セールスや迷惑電話かな、と思いかけて、ハッとなった。

（もしかしたら、出版社の担当の方かも！）

二週間前、ロンドンで買った恋愛ファンタジー小説のレジュメを作成して、日本の大手出版社に送付した。その返事かもしれない。

一瞬にして目が覚めた。

二葉は飛び起きるやいなや通話ボタンをタップした。

「もしもし、栗本ですっ」

『栗本二葉さんでしょうか？』

聞こえてきたのは、ハキハキした女性の声だった。

「はい、栗本二葉は私です！」

『栗本洋一郎さんのお孫さんですね？』

それを聞いた瞬間、二葉は眉を寄せた。

電話の相手が出版社の担当者でないことは明らかだった。栗本洋一郎とは、滋賀県に住んでいる二葉の父方の祖父の名前だからだ。

「そうですが」

二葉は訝りながら返事をした。

『私、滋賀県にある総合病院の看護師で、古谷と言います』

なぜ看護師から二葉に電話がかかってきたのか。

そもそも祖父はとても頑固な人で、二葉たち一家とは仲がよくなかった。よくないどころか、最悪だった。

二葉がなにも言わないからか、古谷が話し始める。

『おじいさまが今朝、自宅で倒れて、救急車で病院に運ばれました』

「えっ、なにがあったんですか？」

突然のことに驚いて、二葉は思わず声を出した。

『急性心不全で緊急搬送されました。おばあさまが付き添っておられますが、おばあさまはかなりお疲れのご様子です。ご家族の連絡先としてあなたの番号を教えていただきましたので、こうしてお電話しました』

両親の葬儀のとき、祖母に『なにかあったときのために』と言われて、携帯番号を教えたことをうっすらと思い出した。

「あの、それで、祖父の容態はどうなんですか？」

『一命は取り留めましたが、検査をしたところ、手術の必要があることがわかりました』

「そうだったんですか……。ご連絡ありがとうございます」

『詳しい手術のことはおばあさまにお伝えしていますので』

「はい、ありがとうございます」

二葉がもう一度礼を言った後、電話は切れた。二葉は手の中のスマホを見つめる。

（おばあちゃんに番号を聞いたから、かけてきたのか……）

そうでなければ、二葉に連絡などなかったはずだ。

学者だった祖父は、高校教師だったひとり息子――二葉の父――を親友の大学理事長の娘と結婚させたかったらしい。そのための根回しもしていたという。けれど父は、骨折した生徒に付き添って病院に行ったとき、看護師をしていた母と出会って恋に落ちた。父は祖父の反対を押し切って母と結婚し、そのことに祖父はずっと腹を立てていたため、二葉たち一家と疎遠だったのである。

父が母と一緒に事故に巻き込まれて亡くなったとき、二葉は祖父母に連絡を取った。祖父母は葬儀に来てくれたが、祖父は二葉には見向きもせず、棺の中の父に向かって『幸孝（ゆきたか）！　この親不孝者が！　わしの言うことを聞かずにこんな女と結婚するから、こんな目に遭ったのだ！』と言った。

祖母のほうはただただ泣いていただけだった。けれど、ほとんど会ったこともなかったうえに、葬儀でそんなことを言った祖父と、二葉はもう会いたいとは思わなかった。

だから、葬儀以来、連絡を取っていなかった。母方の祖父母は何年も前に他界していたので、父方の祖父母が唯一の身内だったのだけれど。

(そんなおじいちゃんが急性心不全で手術だなんて……)

ふと〝死〟という一文字が脳裏をよぎった。

もう会いたくないと思っていた相手だったが、もしものことがあれば二度と会えなくなってしまうのだ。

二葉と血のつながりがある、唯一の身内。

二葉の心にじわりと不安が生まれた。

正直、祖父のことは父から聞いた話しか知らない。幼い頃、『すごく偉い学者さんなんだよ』『なんでも知ってて、書斎にたくさん本があるんだ』と父が話してくれた。

けれど、小学校に上がって家族で祖父母に会いに行ったとき、祖父は書斎に閉じこもって出てこなかった。二葉は書斎にたくさんあるという本を見せてもらおうと楽しみにしていたのだが、顔を見ることすらできなかった。

祖父がそんな態度を取った理由を父から聞いたのは、高学年になってからのことだった。

そして、次に祖父母に会ったのが両親の葬儀のときなのだから、祖父に対していい思い出はなにひとつない。

(でも、おばあちゃんは心細いだろうな……)

そう思ったとき、古谷の言葉が耳に蘇った。

『おばあさまが付き添っておられますが、おばあさまはかなりお疲れのご様子です』

二葉はベッドの縁に座り直して、スマホの住所録から祖母の電話番号を捜し出した。

通話ボタンをタップする。六回目の呼び出し音が鳴っても出ないので、切ろうかと思った瞬間、電話がつながった。

『も、もしもし、二葉ちゃん？』

聞こえてきた祖母の声は震えていた。

「はい」

『ほ、本当に二葉ちゃんなの？』

「はい、そうです。病院の看護師さんから連絡をいただいて、おじいちゃんが入院したって聞きました。おじいちゃんの様子は――」

どうですか、と言うより早く、祖母の声が返ってくる。

『おじいちゃんのことは本当にごめんなさい。あんなこと、独りぼっちになった二葉ちゃんに言ったらいけなかったのに』

あんなこと、とは葬儀のときの祖父の言葉のことだろう。

「おばあちゃんが言ったわけじゃありませんから」

『でも、本当なら私たちが二葉ちゃんの面倒を見なくちゃいけなかったのに』

「あのとき私は二十七歳でしたから、おばあちゃんやおじいちゃんに面倒を見てもらわなくても大丈夫でしたよ」

『そ、そう？』

「はい。仕事もしてましたし」

駆け出しのフリーランサーでしたけど、という言葉は祖母が心配しそうなので呑み込んだ。

『そうなのね……』

祖母の言葉が途切れた。どうしたのかと耳を澄ませたら、かすかに嗚咽（おえつ）をこらえるような声がする。

「それで、おばあちゃん、おじいちゃんの容態は……？」

二葉の問いかけに、祖母の涙混じりの声が返ってくる。

『手術が必要なんですって。このまま目覚めなかったらどうしよう……』

「手術をすればよくなるんですよね？」

『でも、お医者さまや看護師さんは、私が「絶対に大丈夫ですよね？」って訊いても、うんとは言ってくれないの』

「それは……」

百パーセントを保証できないのだから、そういうことは言わないようにしている、となにかで読んだことがある。

「でも、看護師さんは『一命を取り留めた』って言ってました。きっと、大丈夫ですよ」

そう言いながらも、二葉も自信が持てなくて、小声になった。

『こういうとき、幸孝がいてくれたら……』

祖母の弱々しい声を聞いて、今までずっと両親のことを認めてこなかった祖父母に対する反発が、徐々に薄れていく。

二葉は大きく息を吸い込んだ。

「おばあちゃん、私、そっちに行きます」

『えっ、本当？』

「はい。でも、今イギリスにいるので、今すぐには難しいんですが」

『イ、イギリス⁉』

祖母の声が驚きで跳ね上がった。

「はい。実は今、フリーランスで仕事をしているんですが……」

二葉は夢を叶えるためにイギリスに来ているのだと簡単に説明した。

「なので、今から航空券を手配して、飛行機に乗って……となると、早くても二、三日後になると思うんですが、必ず行きますから」

『ありがとう。二葉ちゃんが来てくれたら、心強いわ』

電話の向こうで祖母が震える声で言った。

「できるだけ急いで行きますね」

『気をつけてね』

「はい」

二葉はもう一度励ましの言葉をかけて通話を終えた。


その翌々日の昼前、二葉は機上の人となった。

祖母との電話の後、バスと列車を乗り継いでコッツウォルズからロンドンに戻った。

諸々の手続きを済ませて一番早く取れた便で、ヒースロー空港から日本に——関西国(かんさいこく)

際空港に——向けて出発したのだ。

フィンランドのヘルシンキでの乗り継ぎを経て、あとは関空に向かうだけ。飛行機が安定飛行に入ってしばらくして、フライトアテンダントが夕食を配り始めた。座席ポケットに挟まれていた案内を見ると、メニューはパン、生野菜のサラダ、ハンバーグと付け合わせのニンジンとインゲン、野菜のマリネだ。

料理に合わせて赤ワインでも頼もうかと思ったが、目の前に料理ののったトレイが置かれ、ハンバーグソースの濃い匂いをかいだとたん、吐き気を覚えた。

胃がムカムカして気持ち悪い。

「う……」

普段は乗り物酔いなどしないのだが……いろいろなことがあったから、疲れが出たのかもしれない。

二葉はワインではなく水をもらった。座席にもたれて浅い呼吸を繰り返す。しばらくそうしていたら、やがて吐き気が少し落ち着いた。パンとピクルスだけ食べて、残りはそのまま片づけてもらった。

(これからは酔い止めを持ってこなくちゃ)

座席にぐったりと背を預けた。顔を左側に向けたが、シェードが下ろされていて、窓の外を見ることはできない。目を閉じると、いつものように奏斗の顔が浮かんだ。

『なにより君が欲しい』

奏斗の声が耳に蘇る。

あんなに独占欲の滲む声で男性に求められたのは初めてだった。

(でも、奏斗さんとお別れしてから、もう一ヵ月が経った)

圭太郎は一ヵ月も経たずに浮気をした。

それまで『二葉がいなければなにもできない』なんて二葉にべったりだった圭太郎なのに。

あんなにも簡単に心変わりされてしまった。

奏斗が非日常の魔法にかかっていたのだとしても、とっくに魔法は解けてしまっただろう。

けれど、二葉にかけられた魔法はまだ解けない。

(いつか思い出しても胸が痛くならない、美しいだけの記憶になるのかな……)

もっと好きになってから捨てられるのはつらすぎるから、これ以上想いが深まる前に終わらせようと思ったのに。

二葉はひとときだけでも切なさを忘れようと、眠気と気だるさに押されるままに眠りに就いた。

関西国際空港に到着したのは、翌日の昼過ぎだった。ロンドンから乗り継ぎの待ち時間を含めて約十八時間のフライトだったので、さすがにくたくただ。

祖母に連絡してから三日が経っている。その間、祖母からメッセージがあり、祖父は検査の結果、冠動脈に狭窄（きょうさく）があることがわかったので、カテーテル手術を受けたことを知らされた。

（とりあえず無事に帰国したってことは伝えておこう）

二葉は税関検査を抜けて到着ロビーに出てから、祖母に帰国したことをメッセージで伝えた。すると、すぐに祖母から電話がかかってきた。

（えっ）

二葉は驚きながらも電話に応答する。

「もしもし」

『二葉ちゃん、無事に帰ってこられたのね』

祖母の声には不安と安堵が混じっていた。よっぽど心細かったのだろう。

本当は帰国したばかりで疲れ切っていたので、明日行こうと思っていたが、一刻も早く祖母のそばに行ってあげようと思う。

「今、空港に着いたところなので、いったん家に戻ってから、そちらに行きますね。夕方くらいには着けると思います」

『ありがとう。でも、疲れてない？』

「大丈夫です。おじいちゃんのお見舞いになにか買っていこうと思うんですが、なにがいいですか？　おばあちゃんも必要なものがあれば言ってください」

『気にしなくていいのよ。私は来てくれるだけで嬉しいから』

「そうですか？　じゃあ、できるだけ急いで行きますね」

『ありがとう。待ってるわね』

「はい」

二葉は通話を終了してスマホをバッグに戻した。空港を出てリムジンバス乗り場に向かい、ＪＲ天王寺(てんのうじ)駅前行きのバスを待つ人の列に並んだ。ほどなくして大型のバスが到着したので、トランクルームに荷物を預けて乗車する。

座席に座るやいなやまたもや睡魔に襲われて、二葉はぐったりと目を閉じた。

天王寺駅前のバス停に着くというアナウンスで目が覚め、まだ眠気が残るままバスを降りた。天王寺駅から電車に乗って最寄り駅で降り、スーツケースを引きながら両親と住んでいたマンションの部屋まで歩く。

「ただいま……」

お帰り、と迎えてくれる人を失った家に戻るのは、いつもとてもつらい。

それでも、両親との思い出の残る家なので、３ＬＤＫというひとりで住むには広すぎる部屋だが、手放せずにいる。

二葉は廊下を歩いてリビング・ダイニングに入った。リビングのローチェストに、仏壇代わりに置いている両親の写真に手を合わせる。二葉がまだ翻訳会社で働いていたとき、ボーナスでふたりに温泉旅行をプレゼントした。そのときに温泉旅館の仲居にスマホで撮ってもらい、母が二葉のスマホに【ありがとう、楽しんでます】というメッセージと一緒に送ってきた写真だ。

父と母は寄り添って幸せそうに微笑んでいる。

（お父さん、お母さん、おじいちゃんが急性心不全で倒れて、手術を受けたんだって。心配だから、会いに行ってくるね。お父さんとお母さんも会いに行けたらよかったのにね……）

もっと早く連絡を取り合っていれば、父も――もしかしたら母も――祖父母と会えたかもしれない。けれど、祖父が倒れたからこそ連絡が来たのだと思うと、複雑な心境だ。

二葉はスーツケースを開けながら大きなあくびをした。

時差ぼけもあるのか、バスで寝たのにまだまだ眠くてたまらない。

スーツケースの中からイギリスで買った本や洗濯済みの衣類を取り出した。化粧品類を出したとき、ふと生理用品に目が留まる。

（あれ……この前、生理が来たのっていつだったっけ……？）

ここ最近、来ていないことに気づいて、ドキリとする。

慌ててバッグから手帳を取り出し、カレンダーのページを開いた。

最後の生理は三月の初旬だ。一ヵ月半、生理が来ていない。

「そんな、まさか」

イギリスを経つ前からずっと体がだるかった。吐き気は飛行機酔いで、眠くてたまらないのは時差ぼけのせいだと思っていたけれど……。

「でも、待って。奏斗さんはちゃんと避妊してくれてた」

声に出してそう言ってみたものの、避妊が百パーセント確実ではないことはわかっている。

（けれど、本当にただ遅れているだけかもしれないし……）

あれこれ考えていても埒が明かない。

二葉はバッと立ち上がった。財布を入れたバッグを持って近所のドラッグストアに急ぎ、妊娠検査薬をひとつ購入した。緊張したまま帰宅し、トイレに入る。

ドキンドキンと鼓動が頭に響き、不安で手が震えそうになりながらも、パッケージの説明書通りの手順を踏んだ。すると……検査薬の四角い窓にピンク色の線がくっきりと現れた。

二葉はぺたりと座り込む。

（まさか本当に妊娠してたなんて……）

二葉はそっとお腹に手を当てた。いつも通り、というよりむしろ食欲がなくていつもよりへこんでいるのに、そのお腹の中に命が宿っているのだ。

なんだか胸がじんわりとして目に涙が込み上げてきた。

（私と奏斗さんの……赤ちゃん）

そう思うと、産みたい、という気持ちが強く湧き上がってきた。

（でも、彼に内緒でひとりで勝手に産むなんて、いくらなんでもそんなこと……）

そのとき、スマホが軽やかな電子音を鳴らした。ぼんやりしたまま手に取ったら、祖母からメッセージが届いている。

【二葉ちゃん、もう出発しちゃったかしら。お見舞いはいらないって言っちゃったんだけど、おじいちゃんが食べやすそうなゼリーを買ってきてほしいの。無理だったら構わないわ】

（そうだ。おばあちゃんに……同じ女性で唯一の身内のおばあちゃんに相談してみよう）

二葉はバッグを持って家を出た。駅に着いて、ソワソワしながら電車を待つ。

（ああ、ダメだ。とりあえず落ち着かなくちゃ）

なにか飲み物をと思って売店に近づいた。ペットボトルのお茶を買おうとして、ふと思いつく。

（電車で二時間くらいかかるから、雑誌でも読んで気を紛らせよう）

ファッション誌を探して棚をざっと見たとき、一冊の雑誌に目が留まった。

「え？」

英語で雑誌名が書かれたそれは、有名なビジネス誌だった。その表紙に、何度も思い浮かべた男性の顔が写っている。

（〝世界が注目する日本人　リーフィ株式会社　大槻奏斗ＣＥＯ〟⁉）

写真に添えられた文字を見て、二葉は目を見開いた。

（ど、どういうこと⁉）

そのとき、間もなく電車が参ります、というアナウンスが流れ、二葉は急いで雑誌を買った。電車に乗り込んで座席に座り、雑誌を広げる。

特集記事として、リーフィが日本で進めている画期的な建物リサイクルプロジェクトが取り上げられていた。

記事によると、建材の調達から解体まで、建物のライフサイクル全体で、二酸化炭素の排出量をゼロにするオフィスビルを造るのだそうだ。建設会社との協力が欠かせないため、彼の父の会社である大槻ホールディングスと事業提携を進めているという。

大槻ホールディングス株式会社といえば、日本有数の建設会社で、海外でも事業を展開している大企業だ。

記事によると、その歴史は明治時代に遡り、大阪の貧しい家庭出身の大工が、一旗揚げようと東京に出て、大槻組という名前で創業した。初代は大工の腕だけでなく、時代の流れを読む才能にも長けていて、事業を広げて鉄道やトンネルの建設に従事し、企業を成長させていったのだそうだ。

（奏斗さんは世界から注目されているベンチャー企業のＣＥＯ兼社長で、しかも歴史ある大企業の御曹司だったなんて……)

どうして教えてくれなかったんだろう。

胸が苦しいくらいにギュウッと締めつけられる。

ロンドンで過ごした夜、ふたりでたくさん話をした。二葉は夢のことだけでなく、両親のことや元カレのことまで詳しく話した。

(奏斗さんはなにを話してくれただろう?)

父と同じ建設会社の仕事に進んだけれど、本当にやりたいことを見つけて、周囲に反対されながら辞めたことを明かしてくれた。

二葉も知っている有名な自然公園の整備に関わっていることを教えてくれた。

夢に向かって努力するのは大変だけどワクワクする、と共感してくれた。

けれど、会社のトップで御曹司だということは、一言も話してくれなかった。

(私は……本当のことを教えるほどの相手じゃなかったってこと……?)

異国の地で一夜を過ごすだけの相手。

そう考えていたのなら、本当のことを話さなくても当然かもしれない……。

電車を乗り継いで二時間後、祖父が入院している病院の最寄り駅に到着した。

ショックが冷めやらないまま、おぼつかない足取りで駅から出た。

駅前に洋菓子店があったので、箱入りのフルーツゼリーを買って、滋賀県でも指折りの総合病院を目指す。五階建ての大きな建物に着き、入り口で案内図を見てエレベーターに乗った。入院病棟の受付で名前を記入して、祖母から聞いていた病室に向かう。

けれど、病室のクリーム色のスライドドアを前にしたとたん、一年前の両親の葬儀での記憶が蘇ってきた。

葬儀ですらあんな様子だった祖父が、二葉に会って喜ぶだろうか？

（でも、ふたりが心配だし）

二葉は深呼吸をして不安を押し戻し、ドアをノックした。

「はい、どうぞ」

くぐもった女性の声が聞こえたので、二葉はドアをそろそろと開けた。

「こんにちは」

二葉が小声で挨拶すると、白髪の小柄な女性が椅子から立ち上がった。

「二葉ちゃん！」

祖母だ。

両親の葬儀のときも華奢な印象だったが、祖父が倒れて憔悴しているからか、さらに痩せて見えた。目の下にクマができていて、後頭部でまとめた白髪がほつれている。

祖母は二葉に近づいて両手を握った。

「二葉ちゃん、ありがとう。本当によく来てくれたわねぇ」

祖母の手はしわだらけでかさついていた。二葉は祖母の手を握り返しながら尋ねる。

「おじいちゃんの具合はどうですか?」

「だいぶ元気になったのよ」

祖母に手を引かれて、二葉はベッドに近づいた。ベッドではすっかり頭髪が薄くなった祖父が横になっていた。祖母とは対照的に祖父は大柄で、眉間にしわが刻まれた厳格そうな顔つきは、前に見たときから変わっていない。

「二葉、来たのか」

祖父は自分でリモコンを操作して、ベッドの背もたれを少し起こした。救急車で搬送されて手術を受けたとは思えないほど、しっかりしている。

そのことに安堵しながら、二葉はフルーツゼリーの箱をベッドの横のテレビ台に置いた。

「はい。あの、これ、お見舞いです」

「わざわざすまんな」

「お口に合うといいんですけど」

祖父は二葉の顔をじっと見た。

「二葉は今いくつになった？」

「十月の誕生日が来たら二十九歳になります」

「そうか、もうそんな年か」

祖父はしみじみとした口調で言った。

両親の葬儀で会ってから一年しか経っていないが、それまでほとんど会ったことがなかったのだ。祖父が二葉の年齢を知らなくても仕方がないのかもしれない。

それでも、少し寂しい。

祖父は少し考えるように目を伏せてから、二葉を見た。

「結婚はしていないのか？」

「あ……はい、してません」

「いい相手はおらんのか？」

その問いにはどう答えようか迷う。

奏斗とのことを相談したいと思っていたが、それは祖父ではなく祖母にだ。

二葉がなにも言えずに黙っていたら、祖父の眉間のしわが深くなった。

「ばあさんから聞いたが、イギリスに行っていたのか？」

「はい」

「ふらふらしてないで腰を落ち着けたらどうだ」

「ふらふらしているわけではなくて、夢のためにイギリスに行ってたんです」

「ばあさんがそう言っていたな」

どうやら二葉が祖母に話した内容は、すべて祖父に伝わっているようだ。

祖父はこれ見よがしに大きなため息をついた。

「おまえは少しも父親に——幸孝に似とらんな。幸孝は地に足の着いた堅実な男だったのに。あの女に似たのか」

祖父の言葉を聞いた瞬間、二葉は頭にカッと血が上った。怒りのあまり声を震わせながら言う。

「あの女って誰のことですか」

「おまえの母親だ。言わんでもわかるだろう」

「私のお母さんのことをあの女だなんて言わないでください」

「あの女はわしからひとり息子を奪ったんだ!」

祖父が声を荒らげた。

「奪ったんじゃありません!」

二葉が大きな声を出したとき、祖母がおろおろした様子で言葉を挟んだ。

「ふ、ふたりとも、久しぶりに会ったんだから……」

「わしが弱っていると思って、そんなことを言いに来たのか⁉」

祖父の言葉を聞いて、二葉は胸の中で渦巻く怒りを吐き出すように、大きく息を吐き出した。

「おじいちゃんが思っていたよりお元気そうでよかったです。私はこれで失礼します。どうぞお大事になさってください」

「薄情者め! 二度と顔を見せるな!」

「おじいさん、なんてことを言うの」

祖母は祖父に言ってから二葉を見た。悲しそうな祖母の表情に胸が痛み、二葉は祖母の両手を握る。

「おばあちゃん、あまり無理をしないで、ご飯を食べて休んでね」

「二葉ちゃん」

「ごめんなさい、今日はもう帰ります」

二葉は祖母の手を離してペコリと頭を下げ、そのまま病室を出た。スタスタ歩いてナースステーションの前を抜けたが、祖母が追いかけてくる気配はなかった。

（あーあ……）

奏斗のことを祖母に相談したかったのに、祖父と言い争いになってそれどころではなくなってしまった。

（でも、お母さんのことを『あの女』呼ばわりするのは許せなかったんだもん……）

祖父は葬儀のときから……いや、両親の結婚に反対したときから、少しも変わっていなかったようだ。

怒りに寂しさと悲しさが混じり、二葉は下唇を噛みしめて病院を後にした。

祖父の病院から帰宅してすぐ、産婦人科病院を調べて予約を取った。阿倍野区にある病院で、最新の設備が整っていて医師の数も多く、大阪市内でも人気の産婦人科らしい。

予約当日の土曜日、二葉はタクシーで病院に行った。

受付で渡された問診票に父親の名前を書く欄があり、ボールペンを持ったまま考え

（奏斗さんと私の赤ちゃん。奏斗さんに伝えることはできないけど……）

好きになった大切な人との子どもなのだ。ひとりでもがんばって育てたい。

父親の名前は空欄のまま、〝出産を希望する〟に丸をした。

やがて診察室に呼ばれ、内診台と呼ばれる診察用のリクライニングチェアのような椅子に座った。カーテンの向こうには二葉より年上の女性医師がいる。

マタニティ雑誌で診察の流れを読んでから来たので、どういう検査を受けるのかはだいたいわかっている。それでも、初めての感覚に緊張と戸惑いを覚えながら、診察の結果を待った。

「栗本二葉さん。妊娠七週と二日ですね。心拍確認できましたよ」

医師がカーテンの向こうから顔を覗かせて、横にあるモニタを示した。黒い画面に扇状の白くぼやけたものが映っているけれど、なにがなんだかよくわからない。

医師は、中央にある白く縁取られた小さな黒い丸を指先で示した。

「この丸いのが胎嚢ですね。赤ちゃんを包む袋です。その中にあるこの小さいのが赤ちゃんです」

医師は胎嚢の中でピカピカと点滅しているものに指先を滑らせた。

「これが心臓です。心拍が聞こえますよ」

医師が機械を操作すると、ドッドッドッドッという音が聞こえてきた。

「赤ちゃんの心拍……」

その音を聞いた瞬間、二葉の目にじわっと涙が滲んだ。

(私の赤ちゃん。私のたったひとりの家族)

「おめでとうございます」

医師が祝福の言葉を述べた。

「ありがとうございます」

「これから大変なこともあるかもしれませんが、あなたを助けてくれる窓口や人がいます。困ったことがあったら、いつでも相談してくださいね」

問診票に父親の名前がなかったから、気遣ってくれたのだろう。医師から優しい言葉をかけられて、二葉の目から涙が零れた。そんな二葉の背中を、そばにいた看護師が撫でてくれる。

「……すみません、ありがとうございました」

二葉は涙を落ち着かせると、医師と看護師に礼を言って診察室を出た。

貧血気味なので鉄剤も処方されることになっており、それを受け取って精算すれば今日の予定は終わりだ。

二葉はロビーチェアに座って、診察の最後にもらったエコー写真を眺めた。まだ人の形をしていないものの、それが我が子の初めての写真なのだと思うと、胸が熱くなって泣きたい気分になる。

（大切にしなくちゃ）

写真を手帳にそっと挟んでバッグに入れた。

ふと右側を見たら、彫りが深く華やかな顔立ちの女性が座っていた。三十代前半くらいで、落ち着いたブラウンの髪が肩のところで柔らかくカールしている。花の形をしたダイヤモンドピアスがよく似合っていて、横に置いているバッグはラグジュアリーブランドのものだ。

上質なニットワンピースを着たお腹はふっくらしている。マタニティ雑誌で得た知識からすると、五ヵ月くらいだろうか。

（五ヵ月って安定期だよね。安定期になったら、今まで以上にたくさん仕事をして、できるだけ多く貯金をしなくちゃ）

出産後はしばらく働けないだろうから、と思ったとき、窓口の女性が「オオツキさん、オオツキナミさん」と患者の名前を呼んだ。

「はーい」

右隣に座っていた女性が立ち上がった。

オオツキ。

奏斗の名字と同じだ。

(ダメね……)

なにをしてもすぐ彼に結びつけてしまう。彼は二葉のことなんて忘れてしまっているだろうに。

二葉は軽く首を横に振った。そのとき、視界に白いものが映る。目を向けると、すぐ近くにハンディタオルが落ちていた。先ほどの女性のものだろう。

顔を上げたら、女性は会計を終えたところだった。二葉はハンディタオルを拾って立ち上がった。

「あの、これ落とされましたよ」

けれど、急に立ち上がったので、立ちくらみを覚えた。慌ててロビーチェアの背もたれに掴まる。

「大丈夫ですか？」

女性に声をかけられ、二葉は立ちくらみが治まってから、ゆっくりと顔を向けた。

「あ、はい、大丈夫です」

「ハンディタオルを拾ってくれたんですよね？」

「そうです。どうぞ」

「ありがとうございます」

女性はにっこり笑って受け取ったが、すぐに心配そうな表情になった。

「顔色が悪いですが、本当に大丈夫ですか？」

「はい、今はもう平気です。貧血気味みたいで、鉄剤を処方されました」

「あー、あれですね。私も処方されて飲んでましたが、便秘になりやすいから、あまり好きじゃなかったです」

女性は顔をしかめた。

「先生にもそんなふうに言われました」

「あっ、そうだ。よかったら、これ使ってください。マタニティだって周囲の人にわかってもらえたほうがいいと思うから」

女性はバッグにつけていたマタニティマークの描かれたキーホルダーを外して、二葉に差し出した。レジンと呼ばれる透明の樹脂にカラフルな小花を閉じ込めた飾りもついている。

「えっ、でも、あなたが困りませんか？」

「私は、ほら、誰が見てももう妊婦だってわかるから」

女性はお腹を軽く撫でて続ける。

「それに、このレジンは友達が作ってネットで売ってるものなんです。使ってくれたら友達も喜ぶと思います」

「そうなんですか。それじゃ、ありがたくいただきます」

二葉は礼を言ってキーホルダーを受け取り、バッグの持ち手につけた。レジンの花がかわいくて、気分が上がる。

「すごくかわいいですね」

二葉の言葉を聞いて、女性は笑って言う。

「でしょう？　私は不器用だから、こういうのが作れる友達が羨ましくて」

そのとき、会計から二葉の名前が呼ばれた。二葉は改めて女性に礼を言う。

「キーホルダー、ありがとうございました。お友達にもお礼を伝えてください」

「ええ。また会えたらお話ししましょう」

「はい」

二葉は会釈をして会計カウンターに向かった。告げられた金額を支払って次回の検診の予約を取り、鉄剤を受け取る。医師にも鉄剤は副作用で便秘になりやすいと言われたが、赤ちゃんが元気に育つためだ。

(食事にも気をつけなくちゃ)

二葉はまだ平たいお腹をそっと撫でて、病院を出た。

予期せぬ再会

　翌日の昼過ぎ、二葉はキッチンで冷蔵庫を覗いた。朝はどうしても食欲がなかったので、カップ入りのゼリーを食べた。つるんと冷たく喉を通るので、食べやすいからだ。

(でも、さすがに朝も昼もフルーツゼリーだけじゃダメだよねぇ。産婦人科の先生は、『食べられるときに食べたいものを食べたらいいですよ』って言ってくれたけど……)

　とはいえ、やっぱり赤ちゃんの栄養が心配だ。

　冷凍庫を開けて、冷凍うどんを取り出す。それを茹でて冷水で冷まし、レタスやトマト、ツナ缶と一緒に盛りつけて、サラダうどんを作った。

「炭水化物多めだけど、今日は許してね」

　二葉はお腹を撫でて呟くと、サラダうどんを食べ始めた。けれど、半分食べたところで、胸焼けがしてきた。

(また後で食べよう。それまで仕事しなくちゃ)

　自分の部屋に入ってパソコンデスクに着き、毎月請け負っている企業のニュースレターの翻訳を進める。それを納品した後は、レジュメ作りだ。パソコンデスクの横のシェルフに置いていたペーパーバックを手に取った瞬間、ロンドンのカフェでそれを拾ってくれたときの奏斗の顔が思い浮かんだ。

「……っ」

鼻の奥がツンとして、涙の予感がする。

二葉はギュッと目をつぶって、どうにか胸の痛みをやり過ごそうとした。けれど、どうしても痛みは治まらない。

「ごめんね。ママ、ちゃんとがんばるから。今だけ、ほんの少しだけ、弱音を吐かせて」

二葉はベッドに横になり、胎児のように体を丸める。

「奏斗さん……」

愛しい人の名前を呼ぶと余計に切なくなって、目尻から涙が零れた。

それから四週間が経ち、二度目の検診の日がやって来た。受付を済ませて、どこに座ろうかとロビーを見回したとき、すぐ近くのロビーチェアに、前回の検診でキーホルダーをくれた女性が座っているのに気づいた。

女性のほうも二葉に気づいて、軽く手を振る。

「あら、こんにちは」

「こんにちは」

二葉は女性の隣に座った。女性は心配顔になる。

「前回お会いしたときより少し頬が痩せたように思うんですけど、つわりはひどいんですか？」

二葉は情けない顔で答える。

「少しずつ食べられるようにはなっているんですが、匂いがきついものがダメなんです。貧血対策でレバーを食べたいんですけど、どうしても無理で。つい簡単で食べやすいものばかりになっちゃいます。しっかり食べなきゃいけないって、わかってるんですけど」

二葉はそっとお腹に手を当てた。二葉の様子を見ながら女性が尋ねる。

「今何週なんですか？」

「十一週です」

「もう少しで治まってくると思いますよ。でも、つわりのとき、ご飯作るのって大変ですよねぇ。旦那さんは作ってくれないんですか？」

女性に何気ない調子で訊かれて、二葉は「え、あ」と言葉にならない声を発した。女性はひとりで検診に来ているが、夫がいるのだろう。ロビーには夫婦で来ている人たちも多い。

二葉の事情を知らないのだから、女性に悪気はないはずだ。

「えっと、私は……」

当たり障りのない返答が思いつかなくて言葉に詰まったら、女性はハッとして申し訳なさそうな表情になった。

「ごめんなさい。私ったらデリカシーのないことを」

「いいえ、いいんです。気にしないでください」

「ほんとにごめんなさい。あの、私、大槻奈美って言います。困ったことがあったら、いつでも言ってくださいね」

「ありがとうございます。私は栗本二葉です。こうやってお話ししてくださるだけでとても嬉しいので、あまり気にしないでくださいね」

「二葉さん、優しい〜」

奈美が眉を下げて言った。初めて見たときは華やかな美人だと思ったが、こんな愛嬌のある表情もするのだ。

「奈美さんもですよ。こんなステキなものをくださったんですから」

二葉はバッグにつけているキーホルダーを見せた。

「あ、使ってくれてるんですね！」

「はい。すごくかわいくて気に入っています」

「友達に言っておきますね！　きっと喜びます」

そう言ってから、奈美はスマホを取り出した。

「あの、よかったら連絡先、交換しませんか？」

奈美に言われて、二葉は目を輝かせた。

「わあ、嬉しいです！」

初めてのプレママ友達だ。

二葉はいそいそとスマホを取り出し、奈美と連絡先を交換した。

「おうちはこの近くですか？」

奈美はスマホをバッグに戻しながら訊いた。

「ここから電車で二駅です」

二葉が駅名を答えると、奈美はパチンと両手を合わせる。

「私はそのさらに二駅先です。つわりが落ち着いたら、お茶しに行きましょう！」

「はい、ぜひ！」

二葉が弾んだ声を出したとき、「大槻さん、大槻奈美さん、中待合室へお入りください」とアナウンスが流れた。

「あ、じゃあ、お先に」

奈美は立ち上がって二葉に会釈をすると、中待合室に入った。

それからしばらくして二葉の名前が呼ばれた。中待合室に入ったが、奈美の姿はない。三室ある診察室のどこかで診察を受けているのだろう。

ソファに座って待っていたら、左端の診察室のドアが開いて、看護師に名前を呼ばれた。中に入ってパーティションの中でショーツを脱ぎ、診察用の椅子に座る。

「栗本二葉さんですね。では、赤ちゃんの様子を見てみましょうね」

先月と同じ女性医師がカーテンの向こうに消えた。前回と同じように診察が始まる。

（できるだけがんばってご飯を食べたけど、赤ちゃん、元気に育ってるかな）

緊張と不安でドキドキしながら待っていたら、カーテンから医師が顔を覗かせた。

「ほら、赤ちゃんの手足がわかりますよ」

医師が指先で画面を示したが、今回はそうされなくても、二葉にもどれが赤ちゃんなのかわかった。前回見たときは小さな丸のようだったのに、今は細く小さな手足があって、背骨が透けて見えている。

「よかったぁ。ちゃんと大きくなってる！」

二葉は思わず声を出した。

「つわりはまだひどいですか？」

医師は二葉にエコー写真を渡しながら訊いた。

「少しずつましにはなっていると思います」

「そうですか。赤ちゃんは順調に大きくなっているので問題ないと思いますが、つわりがひどくて食べられないようなら、相談してくださいね」

「はい、ありがとうございます」

診察が終わり、二葉は礼を言って下着をつけ、中待合室を出た。

ロビーチェアに奈美が座っていて、二葉に手を振る。

「会計が終わったら一緒に帰りませんか？　車で迎えに来てもらってるので、家まで送りますよ。そうしたらもっとお話しできますし」

奈美に言われて、二葉は彼女の厚意に甘えることにした。

「ありがとうございます。ぜひお願いします」

「家はどの辺りですか？」

奈美に訊かれて話しているうちに、奈美が会計から名前を呼ばれた。続いて二葉も呼ばれ、精算をして次回の予約を済ませる。財布をバッグに戻したとき、奈美が言った。

「それじゃ、行きましょうか」

奈美に促されて、二葉は病院を出た。右手が駐車場になっていて、そこまでスロープを下りる。

「あの黒い車です」

奈美はスロープのすぐ近くに駐まっているSUVを指差した。高級外国車メーカーのものだ。その運転席のドアが開き、奈美が話しかける。

「ねえ、友達を送ってあげたいの。いいでしょ？」

「構わないよ」

そう言って車から降り立った男性を見て、二葉は心臓が止まるかと思った。

白いカジュアルシャツに細身の黒パンツというシンプルなのにおしゃれな着こなしをしたその人は、間違いなく大槻奏斗その人だった。

「どうぞこちらに――」

そう言いながら二葉のほうを見た奏斗が息を呑んだ。

二葉も言葉が出てこない。

ドクンドクンと鼓動が頭に響く。

奈美は奏斗と同じ大槻という名字で、妊娠六ヵ月くらい。

二葉が奏斗と一夜を過ごしたのは二ヵ月と少し前。

(どうして気づかなかったんだろう!)

最初から彼にとって二葉とのことは遊びだったのだ。

そのことを認識した瞬間、二葉はパッと身を翻していた。

「えっ、二葉さん!?」

奈美の驚いた声が追いかけてきたが、構わず歩道を走る。

「二葉っ」

奏斗の声がしたかと思うと、後ろから左腕を掴まれた。二葉は足を止めたが、振り向くことができずうつむく。

「どうして勝手にいなくなったんだ?」

奏斗が低い声で言った。二葉が黙っていたら、奏斗が言葉を続ける。

「目が覚めたら君がいなくて、俺がどれだけショックだったかわかるか？　どうしてもまた会いたくて、ずっと捜してたんだ。なにか言ってくれ」

（どうしてそんなことを言うのよっ。奥さんがいるくせに！）

二葉は右手をギュッと握って口元に押し当て、声を絞り出す。

「きれいな思い出にしておきたかったのに」

「思い出？　どういう意味だ？」

奏斗の声が一段低くなった。

「そのままです。あの日のことは、一夜限りのことです。そうしたほうが奏斗さんだって都合がいいでしょう？」

奈美さんがいるんだから。

そう言おうとしたとき、後ろから奏斗にギュッと抱きしめられた。

「奏斗さん⁉」

「嫌だ」

二葉の耳元で奏斗が言った。そのとき、奈美の声が近づいてくる。

「二葉さん、急にどうしたんですか？　走ったら危ないですよ」

奈美はふたりに追いつき、不審そうな声を出す。

「ちょっと奏斗、いったいなにしてるの？」

奈美の言葉を聞いて、二葉は胃の辺りが冷たくなった。奈美と目を合わせることができず、下を向いて口を動かす。

「あの、私たちはとっくに終わってるんです。でも、だからって許されないとは思います。本当に申し訳ありません。言い訳かもしれませんが、奏斗さんが結婚してるとは知らなくて。あの、この子は奏斗さんとは関係ないんです」

親切にしてくれた奈美と奏斗との関係を壊したくなくて、二葉は嘘をついた。

「えっと……」

奈美が気圧されたような声を出した。

「なにから言えばいいか……あ、そうだ」

奈美はバッグから革製の名刺入れを取り出し、一枚抜いて二葉に差し出した。

「私の名刺です」

「えっ」

「とりあえず受け取ってください」

二葉は戸惑いながらも両手で受け取った。

その四角い紙には彼女の氏名とともに、〝大槻ホールディングス株式会社〟という社名と〝取締役部長〟という肩書きが書かれている。

大槻ホールディングス株式会社といえば、奏斗の父の会社だ。

いったいどういうことだろう、と思ったとき、奏斗がぼそりと言う。

「彼女は俺の姉だ」

奏斗の言葉に続けて奈美が言う。

「実の姉です。結婚したとき、夫が私の名字である大槻に変えたんです」

「そう、だったんですか」

二葉は大きく息を吐き出した。

「二葉さんは奏斗が大槻ホールディングスの御曹司だって知ってるんですか？」

奈美の唐突な問いに、二葉は戸惑いながらもこくりと頷く。

「はい。リーフィのＣＥＯ兼社長だってことも知っています」

「そっかぁ。姉の私が言うのもなんだけど、奏斗はなかなかの優良物件なのに。それでも、奏斗とのことを終わったって言うんなら、本当に終わったんでしょうね。ほら、奏斗、いいかげんに彼女を離してあげなさいよ」

「奏斗さん」

二葉の呼びかけの声を聞いて、奏斗は渋々といった調子で腕を解いた。

「でも、送っていくから」

奏斗は二葉の手を握った。大きな手にギュッと握られ、二葉の胸がトクンと音を立てる。

「二葉さん、行きましょう」

奈美にも声をかけられ、二葉は足を動かした。

駐車場に戻って、奏斗は助手席のドアを開ける。

「二葉」

「……ありがとうございます」

二葉は助手席に座り、奈美は後部座席に乗った。

運転席に座って、奏斗はシートベルトを締めながら二葉に言う。

「住所を教えてくれ」

二葉が答えると、奏斗はぎこちなく微笑んだ。

「世界は狭いな。俺たちは同じ大阪府内に住んでいたんだな」

「そう……ですね」

二葉と奈美がシートベルトを締めたのを確認して、奏斗はゆっくりと車をスタートさせる。

「日本にはいつ帰ってきたんだ?」

車が公道の流れに乗ったところで、奏斗が口を開いた。

「一ヵ月ちょっと前です」

「二葉はあれからもずっとイギリスにいたのか」

奏斗が呟くように言った。

「はい。もともと四ヵ月滞在する予定だったんです」

「じゃあ、四ヵ月経ったから帰国したのか？」

「いいえ。帰国したのは、祖父が入院したって連絡があったからです」

奏斗は心配そうな声になる。

「おじいさんの具合は？」

「幸い、手術がうまくいったので、もう大丈夫かと」

「おじいさんは近くに住んでいるのか？」

「いいえ、滋賀県です。祖母と一緒に住んでいます」

二葉は淡々とした口調で答えて、窓の外に視線を向けた。

お見舞いに行った日に険悪な別れ方をして以来、祖父母から連絡はなかった。二葉に対してあんなにも怒っていたのだから、それは当然かもしれない。

祖父母にも愛されず、頼れる家族もいない。六年も付き合っていた恋人にあっさり捨てられたくらい魅力のない自分。そんな自分と、大企業の御曹司で会社のＣＥＯでもある奏斗。

（どう考えても釣り合わないよね……）

奏斗は二葉を『ずっと捜してた』と言ってくれたが、それは二葉がこっそり去ったから、執着しているだけなのかもしれない。

おまけに『この子は奏斗さんとは関係ない』と、取り返しのつかないことを言ってしまった。

会話が途切れると、車内を沈黙が満たす。居心地が悪いのでなにか会話を捻り出そうと思ったが、なにも思いつかない。

やがて目印のコンビニが左前方に見えてきて、二葉はホッと息を吐いた。

「あのコンビニの先にあるクリーム色の壁のマンションです」

「わかった」

奏斗はその五階建てマンションの前で左折して、ゆっくりと敷地に入り、来客用の駐車スペースに駐めた。

「送ってくださってありがとうございました」

二葉は言ってシートベルトを外した。ドアを開けて逃げるように外に出たが、奏斗も運転席から降りた。

「部屋の前まで送っていく」

「それは困ります」

その言葉に、奏斗の表情が険しくなる。

「夫に見られたら困るからか？」

「それはありません。でも、奈美さんを送っていくんでしょう？」

「すぐ戻るから構わない」

二葉は困惑して後部座席を見た。奈美は窓を開けて二葉に言う。

「奏斗に部屋の前まで送ってもらってください。そのほうが私も安心できますから」

「すみません」

二葉は小さく会釈をした。そんな彼女に、奈美は片手を振る。

「何階？」

奏斗が促すように歩き出し、二葉は彼に並んでエントランスに向かいながら答える。

「二階です」

二葉が生まれる前に建てられたこのマンションは、入り口が重いガラス戸になっていた。

奏斗がそれを押して、二葉のために大きく開ける。

「ありがとうございます」

エレベーターに乗ったとき、自分の顔が鏡に映り、二葉は思わず目を背けた。少しずつ食べられるようになったとはいえ、最初の頃はつわりがひどくて、奈美に言われたように頬がこけている。それに、貧血気味で顔色も悪く、目の下にクマができていた。

あまりにもみすぼらしくて疲れ切った顔。

ロンドンで生き生きと夢を追っていた自分とは、〝小さな〟どころか〝大きな〟違いだ。

すぐに二階に到着し、奥から二番目の二〇二号室の前で足を止める。

「あの、送ってくださり、ありがとうございました」

二葉が奏斗に向き直ったとき、彼は二葉の顔の横にトンと片手をついた。

「二葉」

「……はい？」

二葉は上目でそっと彼を見た。奏斗は眉間に少しのしわを寄せている。

「君との出会いを、俺は運命だと思ったんだ」

「……私もです」

「だったらなぜ」

二葉は彼から視線を逸らして答える。

「ロンドンでのことは、いつもと違う、非日常的な環境だったから、お互い夢中になったんだと思います。でも、私たちはふたりとも日本に帰ってきましたし、現実に戻りましょう。奏斗さんは奏斗さんの世界で、私は私の世界で生きていきます。だから、さようなら」

一気に言って鍵穴に鍵を差し込んだ。半ば強引にドアを開けると、奏斗が一歩下がる。

「送ってくださってありがとうございました」

二葉はもう一度言ってドアを閉めた。

あんなに何度も思い浮かべた大切な人。会えて嬉しいはずなのに、胸が千切れそうに痛かった。

愛おしい人

（落ち着け。冷静になれ）

奏斗は険しい顔で運転席に座って、何度も心の中で言い聞かせた。

「ねえ、いつまでそうやってるの？」

後部座席から姉の奈美が話しかけてきた。奏斗はいら立ちを含んだ低い声で言う。

「黙っててくれ。気持ちを落ち着かせているんだ」

「わあ、怖い」

奈美が茶化すような口調で言ったが、奏斗は聞こえなかったフリをする。

どうしても手に入れたいと願って捜し続けていた二葉に、ようやく会えたと思ったのに。彼女は奏斗とのことを『きれいな思い出にしておきたかった』と言った。

奏斗は首を左右に振り、ゆっくりと車をスタートさせた。無言で前を睨むようにしてハンドルを握っているからか、奈美が声をかける。

「ちゃんと運転に集中してる？」

「してる」

　奏斗はぶっきらぼうに答えた。

「二葉さんってがんばり屋さんでかわいらしいわよね」

「姉さんに言われなくても知ってる」

「振られちゃったね」

　姉の言葉に、奏斗は無言で唇を引き結んだ。

「大槻ホールディングスの御曹司で、リーフィのCEO兼社長には、独身の娘を持つ取引先の重役から、ひっきりなしにお見合いの話があるのに。二葉さんは肩書きとか外見には興味がないんだ」

　姉の言葉を聞きながら、奏斗は二葉がどうやって彼の肩書きを知ったのかとふと疑問に思った。

（もしかしたら、インタビュー記事が載った雑誌を見たのかもしれないな）

　正直、外見や肩書き目当てで言い寄られることが多かったから、女性には進んで身分を明かさないようにしていた。だが、今となっては奏斗の肩書き目当てでもいいから、二葉の心をつなぎ止めておきたかった、と思う。

　ふと、二葉の『現実に戻りましょう』という言葉が耳に蘇った。

（現実、か。俺にとっては、二葉を好きなこの気持ちこそが現実なのに）

奏斗は小さくため息をついた。

「二葉とはどうやって知り合ったんだ？」

「先月の検診で知り合ったの。私がハンディタオルを落としたのを、二葉さんが拾ってくれて」

「そうか」

信号が赤に変わり、奏斗はゆっくりとブレーキを踏んだ。ハンドルを指先でトントンと叩き、少し迷ってから口を開く。

「どんなやつだった？」

「え？」

奈美が怪訝そうな声を出した。

「二葉の夫。二葉を幸せにしてくれそうなやつか？」

奏斗はしばらく待ったが、奈美が返事をしないので、バックミラー越しに後部座席を見た。奈美はなにか考え込んでいる。

「姉さん？」

「あー、えっと……私からは言えない、かな」

普段ハキハキとしゃべる姉が珍しく言葉を濁したので、奏斗は眉を寄せた。

「どういう意味だ？」

「そのまま。知りたかったら奏斗が自分で訊いたらいいと思う」

奏斗は右手で前髪をくしゃくしゃと乱した。

（……でも、そうだよな。二葉を幸せにできないような男に二葉を任せるわけにはいかない。二葉の子なら、きっとかわいいはずだ。二葉の子なら俺は――）

そこまで考えて、右手を下ろす。

「姉さんは今何ヵ月なんだっけ？」

「六ヵ月。二十一週よ」

「二葉は何週か知ってる？」

「十一週って言ってた」

「そうか……」

奏斗が考え込んでいたら、奈美が後ろから奏斗の左肘を突いた。

「ちなみに、妊娠した日はゼロ週ゼロ日じゃないのよ」

妊娠前の最後の生理開始日から数えるのだという姉の説明が終わったとき、信号が青になった。

（ということは、もしかしたら……）

奏斗は二葉との会話を思い返しながら、ゆっくりとアクセルを踏んだ。

奈美が思いついたように声を出す。

「ああ、そうだ。そろそろ正輝くんが出張から帰ってくるから、うちで一緒に晩ご飯を食べてから帰ったら？」

正輝とは奈美の夫だ。奈美と同じく大槻ホールディングスで働いていて、妻をとても大切にしている。急な出張が入ってしまったので、義弟である奏斗に産婦人科への送迎を頼んできたのだ。

奏斗は生真面目そうな義兄の顔を思い浮かべて、断りの言葉を述べる。

「いや、いいよ。一週間ぶりなんだろ？　夫婦水入らずで過ごしてくれ。俺は親父に用事もあるから」

「また仕事の話？」

「まあね」

「土曜日なのにご苦労さま」

姉の言葉を聞き流して、奏斗はハンドルをギュッと握る。

愛おしい人にもう一度会おうと決心しながら。

本当の気持ち

翌日、二葉は昼食を済ませてから、ずっとペーパーバックを読んでいた。できるだけレジュメを送って、仕事の種まきをしておきたい、というのもあったが、なにもしていないと奏斗のことを考えてしまうからだ。

けれど、二時間も座ってじっと本を読んでいると集中力が切れてきた。

（晩ご飯の買い物に行こう）

洗面所に行って軽くメイクを済ませて外に出た。

五月下旬の空は青く澄んでいる。気持ちが明るくならないかと、二葉は空を見上げた。

大きく息を吸って吐き出し、軽く頬を叩く。

（がんばらなくちゃ）

駅前のスーパーまでは徒歩十分ほどだ。今日はパスタを食べたい気分だったので、パスタとソースの材料を買った。天気がいいので、散歩がてら遠回りをして、子どもの頃よく遊んだ公園に寄ってみた。

「えっ」

公園が半分に小さくなっていたので驚いた。道路の拡張工事が行われたらしく、公園の敷地が半分道路になっていた。残っている部分には砂場しかなく、午後四時近い時間なのに、誰もいない。

（砂場だけしかないんじゃ、子どもは遊びに来ないよね……）

幼い頃遊んだ公園の寂しい姿に、二葉は肩を落とした。

赤ちゃんが生まれたら、たくさん外に連れていって一緒に遊んであげたいのに。

心なしか足取りが重くなり、二葉はトボトボとマンションに戻った。

エントランスのガラス戸に近づいたとき、中からガラス戸を開けて男性が出てきた。道を譲ろうとして横に避けた二葉は、相手の男性を見て目を見開いた。

「……え」

男性も同じく驚いた表情になる。一年以上会ってなかったうえに、顎の辺りがたるんで少し雰囲気が変わっていたが、大学生のときから六年付き合った元カレの野中圭太郎だった。

「二葉！」

圭太郎は泣きそうな表情になった。

「な、んで、圭太郎がここに……っ」

二葉は思わず後ずさった。圭太郎は二葉に近づき、頭を下げる。

「ごめん。俺が悪かった」

「えっ、なに？」

「俺にはやっぱり二葉しかいないんだ」

圭太郎の言葉の意味がわからず、二葉はさらに一歩下がる。

「なに言ってるの？　浮気をして私を捨てたのはあなたなのに」

「あれは間違いだった。二葉より考え方が合う人に出会えたって思ったけど、彼女はぜんぜん違った。最初は俺に甘えてくれてかわいいなって思ったけど、甘えるだけなんだ。俺に頼るばかりでなにもしない。あんなんじゃ、ずっと一緒にやっていけない」

圭太郎が大きく一歩踏み出したので、二葉は足を一歩引いたが、かかとがマンションの壁にぶつかってそれ以上下がれなかった。

「二葉、本当にごめん。俺たち、やり直そう」

圭太郎は二葉の両手をギュッと握った。

「やめて」

二葉は圭太郎の手を振りほどこうとしたが、彼は手に力を入れて二葉の手を離さない。

「荷物持ってやるよ。あ、今日はパスタを作るのか？　二葉のパスタ、うまいんだよな。俺、大好きだった」

圭太郎は二葉の手から食材の入ったエコバッグを取って言った。

「返して！」

二葉はエコバッグの持ち手を掴む。

「私がほかの人を好きになったとか、考えないの⁉」

「えっ、まさか新しい男がいるのか？」

圭太郎が驚いた声を上げ、その隙に二葉は彼の手からエコバッグを取り返した。

「そんな、二葉。俺は二葉がいないとダメなんだよ。俺のところに戻ってきてくれ。一緒にたくさん思い出を作ったじゃないか。これからもそうしよう？」

圭太郎は今度は二葉の両手首を掴んだ。壁際に追いつめられているので、彼の手を振りほどくことができない。

「やめて。離して！　あなたのことなんかもう好きじゃないんだからっ」

二葉は泣きそうになりながら声を上げた。そのとき、黒いジャケットの手が伸びてきて、圭太郎の手首をぐっと掴んだ。

「その手を離せ」

怒気を含んだ声が落ちてきた。二葉が驚いて顔を向けると、口調同様、怒りを孕んだ目をした奏斗がいる。

「か、奏斗さん！」

「二葉」

二葉の潤んだ瞳を見て、奏斗は圭太郎の手首を掴んだ手に力を込めた。

「くっ」

圭太郎は顔を歪めて二葉の手を離す。

「二葉は俺のものだ」

奏斗は言うなり二葉を抱き寄せた。彼の腕の中に閉じ込められて、二葉の目から熱いものが零れる。

「大丈夫か？」

涙で言葉が出なくて、二葉は何度も頷いた。

圭太郎がうろたえた声を出す。

「な、なんだよ、二葉。そんな心変わりをするなんて」

「心変わりをして彼女を傷つけたのはおまえだろう！　二度と彼女の前に姿を現す

な！」

　奏斗が強い口調でぴしゃりと言った。

「そ、そんな。二葉……」

「あなたが終わらせた時点で、私たちの関係は終わったんです。さようなら、野中さん」

　二葉はあえて圭太郎の名字を呼んだ。圭太郎はよろよろと後ずさる。

「行こう、二葉」

　奏斗が二葉をそっと促した。二葉は圭太郎のほうを見ずに、奏斗が開けてくれたガラス戸から中に入る。

　エレベーターで二階に上がり、二〇二号室の前で足を止めた。奏斗の腕は二葉の背中を支えたままだ。

「奏斗さん、ありがとうございました」

「いや」

　奏斗は短く答えた。どこかぶっきらぼうに聞こえて、二葉はおずおずと問う。

「あの、今日はどうしてここに……？」

「二葉に訊きたいことがある」

「えっ」

「二葉も俺に言うべきことがあるだろう?」

二葉の心臓がドクンと鳴った。顔色が変わったのに気づかれないように、視線を落とす。

「どうして俺には関係ないなんて言うんだ?」

奏斗の低い声が降ってきて、二葉は「え?」と顔を上げた。

「俺の子なんだろう?」

その言葉に鼓動が速くなる。

奏斗は強い眼差しで二葉をじっと見つめた。二葉は思わず目を逸らしそうになったが、奏斗が二葉の頬を両手で包み込んだ。

「二葉と一緒に俺たちの子を育てたい」

「どうして、私たちの子だって思うの?」

喉が詰まって、二葉は囁くような声で言った。奏斗は二葉を見つめたまま答える。

「昨日、部屋の前まで送ろうとしたときに、君は拒んだだろう? そのとき、俺が『夫に見られたら困るからか?』と訊いたら、君は『それはありません』と答えた。夫などいない、と言っているようだった」

「それは……」

二葉は言葉を続けられず、視線を逸らした。

「姉さんから妊娠週を聞いた。俺とロンドンで過ごした頃だ。二葉は彼氏がいながら俺に抱かれるような女性じゃない。だったら、答えはひとつしかない」

奏斗は二葉の両手を握った。二葉はビクリと肩を震わせる。

「ロンドンでのあの夜、俺は心から君を求めていた。抗えない本能で恋に落ちた。今までも、今もずっとそうだ」

「奏斗さん……」

閉じ込めようとしてきた想いが膨れ上がり、それに押されるように二葉はそっと顔を上げた。目が合って、彼の強い眼差しに視線を絡め取られる。

「俺たちは運命的に惹かれ合ったんだ」

奏斗の口調は揺るぎなかった。二葉は涙が込み上げてきて、ぐっと目頭に力を込めた。けれど、こらえることができず、涙は彼への想いと一緒に一気に溢れ出す。

「ごめ……っなさ……」

「二葉」

奏斗が二葉を引き寄せた。二葉は彼の胸に顔を押しつけて泣く。

「ほん、と……ごめ……っ」

謝ろうとしてもうまく言葉が出てこない。どうにか唇を動かそうとしたとき、奏斗が両手で二葉の頬を包み込み、続きの言葉を唇で塞いだ。

「んっ」

二葉は驚いて目を見開く。

二ヵ月ぶりの柔らかな温もりが、二葉の心を溶かしていく。

「二葉」

奏斗は唇を離して、両手の親指で二葉の涙をそっと拭った。それでも涙が溢れ、二葉は震える声で言葉を紡ぐ。

「私……元カレに捨てられてから自分に自信が持てなくて……。奏斗さんとのこともいつか終わってしまうなら、もっと好きになってつらくなる前に終わらせようと思ったんです……」

だから、奏斗が起きる前に、お別れの言葉を残し、部屋代を置いてホテルを出たのだ。

「妊娠がわかったとき、奏斗さんが載った雑誌を見て……私じゃ奏斗さんと釣り合わないって思って……だけど、どうしてもこの子は産みたかった。私のたったひとりの家族だから」

「たったひとりなんて言うなよ」

奏斗は二葉の額に彼の額をコツンと当てて続ける。

「日本で再会したときは、奇跡だと思ったんだ。すごく嬉しかった」

「私はびっくりしました。だけど、奏斗さんが奈美さんと仲良くなって、プレママ友達ができたって喜んでたんです。だけど、奏斗さんの奥さんだと思ったから、ふたりの仲を壊さないようにって、『奏斗さんとは関係ない』って言ってしまって……」

ほんとにごめんなさい、と小声で伝えると、奏斗は親指で二葉の唇をそっとなぞった。

「許さない」

「えっ」

二葉は目を見開いた。奏斗は片方の口角を引き上げて不敵な笑みを浮かべる。

「これからずっと俺のそばにいないと許さない」

奏斗の言葉に、二葉の目から新たな涙が零れる。

ためらって不安ばかりの二葉に選択の余地など与えない、強引だけど優しい言葉。

「二葉」

奏斗が顔を傾けながら近づけてきたとき、誰かが廊下を歩いてくる足音がした。目を向けたら、隣の二〇一号室に住む老夫婦だ。

「あ、えと、奏斗さん、中へどうぞ」

二葉は急いで鍵を開けて、奏斗を中に促した。

「ありがとう」

奏斗と二葉は老夫婦に会釈をして、部屋に入った。ドアに鍵をかけて廊下に上がった二葉を、奏斗が抱きしめる。

「二葉」

奏斗の顔が迫ってきたかと思うと、唇を貪られ、舌を絡め取られた。激しく奪うようなキス。自分を求めてくれているのだと痛いほどわかる口づけに、目に涙が滲む。

気づけば二葉も夢中で彼の唇を貪っていた。

やがて唇が離れ、奏斗の手が涙で濡れた二葉の頬を撫でる。

「すまない」

急に奏斗が謝ったので、二葉は驚いた。

「えっ、どうして奏斗さんが謝るんですか?」

「ロンドンで二葉に隠し事をした。父の会社で働いている、とは言わずに、『父が建設会社の……仕事をしていたから』そっちに進んだ、と濁した」

彼は確かにそんなふうに話していた。

「雑誌で奏斗さんの記事を読んだときは驚きました」

「そうだよな……。二葉にはただの俺を知って、好きになってほしかったんだ」

（ロンドンでのあの日、奏斗さんに心から惹かれたのは事実……。奏斗さんが身分を明かしていたとしても、きっと好きになっていたと思う……）

住む世界が違いすぎるからと諦めようとしても、好きだという気持ちを抑えきれなかっただろう。なにしろ、雑誌を読んで奏斗の身分を知った後でも、彼への気持ちが消えずに苦しんだのだから。

最初からきれいな思い出になど、できるはずがなかったのだ。

「御曹司やCEOであってもなくても、奏斗さんは奏斗さんです」

奏斗はもう一度二葉を抱き寄せた。

「二葉、好きだ」

奏斗は二葉の肩に顔をうずめて言う。

「好きだよ。大好きだ。二葉が不安にならないように、俺の気持ちを信じられるように、いつだって何度だって本心を伝える。だから、二葉も本当の気持ちを教えてほしい」

奏斗が顔を上げ、二葉はしっかりと彼の目を見つめた。

「奏斗さんが好きです」

奏斗は頬を緩めたが、すぐに真剣な表情に戻る。

「なにがあっても、もう絶対に離さない。だから、二葉も俺から離れないでくれ。三人で家族になろう」

二葉は涙で目を潤ませたまま頷いた。奏斗が顔を傾け、二葉の唇にそっと唇を重ねる。

それは揺るぎない想いをすべて伝えようとするかのように、長く優しく甘いキスだった。

それから、離れていた時間を埋め合わせるように、並んでソファに座ってたくさん話をした。

奏斗は彼の努力が少しずつ実を結んで、父親にリーフィの仕事を認められ、雑誌の記事で書かれていた通りに事業提携が順調に進んでいるそうだ。そして、利益追求一辺倒の経営を行ってきた大槻ホールディングスは、リーフィと提携して社会や環境に配慮した事業に着手したことで、業界や世間からの評価が上昇しているという。

「お父さまに認められてよかったですね！」

二葉の言葉に、奏斗は嬉しそうに微笑んだ。

「ああ。そのおかげで義兄との仲も改善した」

「義兄って奈美さんの旦那さまですよね？」

二葉の問いに奏斗は頷いて答える。

「義兄が大槻を名乗ることにしたのは、姉さんが大槻ホールディングスを継げるようにって考えてのことだったんだ。だから、義兄は姉と並ぶ後継者候補の俺をずっと警戒していた」

「そんなことがあったんですか」

奏斗は二葉の肩にそっと左手を回して話を続ける。

「ああ。俺がリーフィを起業した後も、すぐに挫折して大槻ホールディングスに戻ってくるんじゃないかとか、いろいろ気を揉んでいたらしい。最近になって、そう姉さんに聞いた」

「だから、リーフィで成功しているのを見て、奏斗さんがもう大槻ホールディングスに戻ってこないんだって安心したってことですか？」

「そうらしい。俺の人柄じゃなく、リーフィの成功を見て義兄が気持ちを変えたってのは、複雑ではあるけど」

奏斗が苦笑を零した。

義兄に頼まれて奈美の送迎をしたと聞いたから、義兄との仲はずっと良好なのだと思っていた。

「そうですよね。でも、義理とはいえお兄さんなんですから、関係は良好なほうがいいですよね……」

二葉は血がつながっていても、祖父母と仲がよくないのだ。

二葉の表情が曇ったのに気づいて、奏斗は右手で二葉の頬に触れた。

「なにか気になることがあるのか？　両親との関係もよくなってるよ。大槻ホールディングスを辞めるときは反対されたが、今ではリーフィのことを認めてくれている。だから、二葉が心配することはなにもない」

「はい。奏斗さんがご家族とうまくいっててよかったです」

二葉は奏斗の肩に頭を預けた。

「ああ。だから、二葉ともすぐに打ち解けられるはずだ」

「私に両親がいないとか、フリーランスだとか、そういうことを知っても大丈夫でしょうか？」

「大丈夫だ。二葉は俺が選んだ女性なんだから。誰にもなにも言わせない」

奏斗は強い口調で言った後、二葉の肩を撫でて言う。

「二葉のおじいさんとおばあさんにご挨拶に行かないといけないな」

奏斗の言葉を聞いて、二葉は視線を落とした。

「うちはそんなに……むしろ挨拶は必要ないかも……」

「どういうことだ？」

奏斗に怪訝そうに顔を覗き込まれて、二葉はぽつりぽつりと事情を明かす。

「おじいちゃんとおばあちゃんとは……ずっと音信不通だったんです」

祖父母――特に祖父――が両親の結婚に反対して、ずっと交流がなかったこと、両親の葬儀での出来事をかいつまんで説明した。

「だけど、イギリスにいたとき、看護師さんから電話をもらって、心配になったから病院にお見舞いに行ったんです。そのとき、おじいちゃんと言い争いみたいになって。おじいちゃんがお母さんのことを『あの女』なんて呼ぶから、ついカッとなって言い返したら、『二度と顔を見せるな！』って言われたんです。だから、わざわざお互いが傷つくようなことはしたくないんです」

「そんなことがあったのか……」

奏斗は二葉を両腕の中にすっぽりと閉じ込めた。その温もりに安心して、二葉は彼の胸に頬を預ける。

「赤ちゃんが生まれたら、ハガキで知らせようかなと思ってます。初曾孫なんだから、顔を見せに行きたい気もするけど……」

また言い争いになるのは嫌だ。まして、子どもの前で自分や母を貶められたくない。

そう思ったとき、奏斗の手が二葉の髪をそっと撫でた。

「それなら、その辺の対応は俺がやる。おじいさんとおばあさんの連絡先を教えてくれるか？」

「生まれるのはまだまだ先なのに？」

二葉は顔を上げて奏斗を見た。奏斗は口元に小さく笑みを浮かべる。

「早めに準備をしておくほうが楽だろう？」

「そうですね。きっと出産前になったらバタバタしちゃいますよね」

二葉は立ち上がって、テレビ台の引き出しから住所録を取り出した。年季の入ったそれは、両親が使っていたものだ。

二葉は祖父母の連絡先をメモ帳に写して奏斗に渡した。

「すみません、お願いします」

「ありがとう。任せてくれ」

奏斗はメモを受け取って文字を眺めている。

二葉は最後に会ったときの祖父の顔を思い出して、首を小さく横に振った。

(私がなにをしても気に入らない様子だったから……奏斗さんと会ってひどいことを言われても嫌だし)

直接会わないほうがお互いのためだと思う。

二葉がソファに座りなおしたとき、奏斗が二葉を見た。

「二葉は一ヵ月と少し前にイギリスから帰ってきたって言ってたよな。ずっとロンドンにいたのか?」

奏斗に訊かれて、二葉は首を横に振る。

「バースに行きました」

「温泉で有名な?」

「はい。それからいくつか街を巡ったんです」

二葉はバースに続いて、豪華客船タイタニック号が出港した街として有名なサウサンプトン、それからオックスフォードを訪ねた後、コッツウォルズに滞在したことを話した。

「コッツウォルズと言えば、あの蜂蜜色と形容される石造りの家がきれいな村だな。俺もいつか行きたいと思っていた」

「写真見ますか？」

「ぜひ見たい」

奏斗に言われて、二葉はスマホを操作して彼に向けた。奏斗は写真を見ながら、「すごい」とか「きれいだな」とか感想を口にする。

「この後はマンチェスターとグラスゴーに行って、最終的にはブリテン島の最北端まで足を伸ばすつもりにしてたんですけど……」

二葉は小さく息を吐いた。二葉の残念そうな様子に気づいて、奏斗は二葉に微笑みかける。

「次は三人で行ったらいい」

「三人で……？」

「ああ。この子を含めて」

奏斗が優しい眼差しで二葉のお腹を見た。二葉は目の奥がじわりと熱くなる。

「そうですよね」

二葉はそっとお腹に手を当てた。その上に奏斗は手を重ねて言う。

「俺は四人でも五人でも構わないが」

奏斗がいたずらっぽい表情になり、二葉はつい笑みを零した。

「ふふっ、そうですね」

(おじいちゃんとおばあちゃんと和解できなくても、私は奏斗さんと一緒に新しい家族を作っていけるんだ)

祖父母のことを残念に思う気持ちを押し戻し、二葉はお腹をそっと撫でた。

大切にしたいからこそ

二葉が奏斗に本音を打ち明けたその日の夜、彼は二葉の部屋に泊まった。

奏斗の温かい腕の中に包まれて眠るのは幸せで、二葉はとても満たされた気持ちで目を覚ました。

(奏斗さん……)

けれど、ベッドの隣に彼の姿はない。

「えっ」

二葉は驚いてガバッと起き上がった。

(奏斗さんと気持ちが通じ合ったと思ったのは、全部夢だったの⁉)

不安になりながら目をこすったとき、部屋のドアがそっと開いて奏斗が顔を覗かせた。

「奏斗さん!」

二葉はパアッと表情を輝かせた。昨日のことがすべて本当だったのだと実感して、嬉しくなる。

「おはよう。朝食を作ったんだが、食べられそうかな？」

（奏斗さんが朝食を作ってくれたなんて！）

「嬉しいです。ありがとうございます！」

二葉はいそいそとベッドから下りようとしたが、寝起きのすっぴんで髪もぼさぼさなことに気づいて、タオルケットを顔の前まで持ち上げた。

「どうした？」

奏斗の不思議そうな声が聞こえて、二葉は口の中でもごもごと返事をする。

「あ、や、寝起きのすっぴんだから、ちょっと恥ずかしくて」

「えっ」

奏斗が驚いた声を上げたので、二葉はますます恥ずかしくなった。直後、タオルケットごとふわりと抱きしめられてびっくりする。

「きゃっ、奏斗さん⁉　ど、どうしたんですか？」

二葉は首を軽く振って、タオルケットから顔を出した。奏斗は二葉の肩に顔をうずめている。

「奏斗さん？」

二葉がもう一度声をかけると、奏斗はそっと顔を上げて二葉を見た。その表情はびっくりするくらい甘く蕩けている。

「かわいい」

奏斗がぼそりと呟き、二葉は目を見開いた。

「えっ？」

「かわいすぎる」

「ええっ」

二葉が驚いて声を上げると、奏斗は二葉の頬に軽く口づけた。

「メイクをしててもすっぴんでもかわいい。恥ずかしがるから余計にかわいい」

「な、なにを言って……」

戸惑う二葉の唇に、奏斗はチュッとキスをした。

「言っただろう？『二葉が不安にならないように、俺の気持ちを信じられるように、いつだって何度だって本心を伝える』って」

彼の言葉に二葉は頬を赤くした。

「う、嬉しいですけど、でも、そんなに何度も言われたら恥ずかしいです……」

二葉の言葉を聞いて、奏斗は右手で前髪をくしゃりと握った。

「ああ、ダメだ。二葉がそばにいるんだと思うと、嬉しくて歯止めが利かなくなる」

奏斗は腕の陰からチラリと視線を送った。その表情が切なげなのにどこか色気があって、二葉の心臓がドキンと音を立てる。

「は、歯止めって……?」

二葉が首を傾げた直後、後頭部と腰に彼の手が添えられたかと思うと、ベッドにゆっくりと押し倒された。

「二葉」

唇に彼の唇が重なる。彼は二葉の唇を味わうように舌でなぞり、チュウッと吸い上げた。

「ひあっ」

腰の辺りがゾクリとして、二葉は思わず奏斗のシャツの袖をギュッと掴んだ。

「二葉……」

彼は二葉の唇を割ってスルリと舌を差し入れた。

口内を撫で回され、深く口づけられて、徐々に激しくなるキスに呼吸も荒くなる。

「ん……奏斗さん」

「二葉」

ときおり甘い声で名前を呼ばれて、二葉は蕩けそうな気持ちで彼の首に両手を絡めた。

そうやって夢中で唇を重ねていたら、二葉のスマホがアラーム音を鳴らした。

「あ……」

生活リズムをキープするために毎朝七時に鳴らしている目覚ましだ。

「か……なとさん、しち、じ」

キスの合間に二葉はどうにか声を発した。奏斗は唇を離して、二葉の額に彼の額を軽く当てる。

「今日は二葉とずっと一緒にいたい」

奏斗のもどかしげな口調を聞いて、二葉はハッとなった。

(あっ、今日は月曜日だった！)

「ダメです。私も仕事しなくちゃいけませんから」

二葉は彼の胸を押したが、逞しい彼の体はピクリとも動かない。

「奏斗さんってば」

「二葉が悪い」

「えっ」

「二葉がかわいすぎるから、やめられなくなる」

二葉が困った顔で眉を下げたので、奏斗はクスリと笑った。

「困った顔もかわいいな」

「もう、なに言ってるんですか」

二葉は頬を膨らませた。その小さく尖った唇に、奏斗はチュッとキスを落として体を起こす。

「二葉、俺の部屋に引っ越そう」

突然の申し出に、二葉は戸惑って瞬きをした。

「昨日の男がまたここに来ないか心配なんだ」

圭太郎のことを思い出して、二葉の表情が暗くなった。

確かに、大学生の頃から彼は、デートのときなどにこの家に迎えに来たりした。実家だったから合い鍵は渡していなかったが、オートロックがないので部屋の前まで来ようと思えば来られる。

(でも、ここにはお父さんとお母さんの思い出が……)

二葉が迷っていたら、奏斗は二葉の両手を握った。

「ここにはご両親との思い出もあるだろうから、引き払わずにいつでも帰れるように残しておいたらいい。家賃は俺が払うから心配するな」

「でも、それだと奏斗さんの負担が」

「二葉と赤ちゃんが安全に過ごせることが一番なんだ。わかるな？」

奏斗は二葉の長い髪をすっとすくい上げて、毛先に口づけた。チラリと上目で視線を投げられて、二葉はドキドキしながら口を動かす。

「わ、わかりました」

「よし。それなら、今日の夜、必要なものだけ持って俺の部屋に行こう」

「え、きょ、今日ですか？」

二葉は驚いて瞬きをした。

「ああ。パソコンデスクやシェルフは新しく買えばいい。ほかにいるものがあれば、その都度買い足そう」

「えっと」

「仕事が終わったら迎えに来るから、準備をしておいてくれるか？」

奏斗が二葉の顔を覗き込んだ。彼は心配でたまらない、と言いたげな表情だ。

「心配してくれてありがとうございます。でも、昨日、奏斗さんが強く言ってくれたので、さすがにもう大丈夫だと思いますよ。平日は奏斗さんも大変だと思いますから、引っ越しは土曜日にしましょう」

奏斗は不満そうな表情をしたが、二葉が「ね？」と見上げると、彼は渋々といった調子で頷いた。

「わかった。そのかわり、土曜日までは俺がここに泊まる。それだけは譲れない」

「わかりました」

「それから、俺が会社にいる間、なにか心配なことがあったり、体調が悪くなったりしたら、すぐに連絡してくれ。絶対に遠慮はするなよ？」

「はい」

思った以上に過保護な紳士の言葉に、二葉は笑みを零しながら頷いた。

その日の夜、奏斗から七時過ぎに『今から帰る』と電話があった。日中、困ったことはなにもなかったか、などといろいろ訊かれ、彼が気にかけてくれているのがわかる。

彼が二葉の部屋に着いたのは八時近かった。

「お帰りなさい」

迎えた二葉に、奏斗はすまなそうな表情になる。

「すまない、本当はもう少し早く仕事を終わらせようと思ったんだが、取引先との会議が長引いて」

「大丈夫ですよ」

「すまない」

奏斗はもう一度謝って、荷物をシューズロッカーの上に置き、二葉の腰に両手を回した。

彼のほうに引き寄せられて、唇に彼の唇が触れる。二葉はただいまのキスのような軽いものを想像していたが、奏斗の唇は離れない。それどころか、彼の片手が後頭部に添えられ、唇を割って彼の舌が差し込まれた。

「んっ」

歯列をなぞられ、口内を撫でられて、二葉は奏斗のスーツの袖をキュッと掴んだ。

「二葉……」

奏斗の手が二葉の背中を撫でる。大好きな人の温もりに触れて体温が上がり、腰の辺りに触れられたとき、体がビクリと震えた。

「ふっ」

二葉はたまらず奏斗の首に両手を回した。彼は二葉を引き寄せて、服の上から体のラインをなぞる。気持ちの昂ぶりを示すように性急にまさぐられ、甘やかな刺激に思わず高い声が上がる。

「あんっ」

その瞬間、奏斗はハッとしたように唇を離した。

「奏斗さん？」

彼は軽く首を振って腕を解いた。

「悪い。お腹空いてるだろう」

「あ、えっと」

二葉はドキドキする胸を押さえて奏斗をチラリと見た。彼は顔を背けて右手で前髪をくしゃりと握り、大きく息を吐き出している。

（急いで帰ってきてくれたんだもん。疲れてるのかもしれないし……）

二葉は気を取り直して顔を上げた。

「それじゃ、ご飯の準備をしますね」

「あ、いや、実は帰りに惣菜を買ってきた」

奏斗はシューズロッカーに置いていたデパートの紙袋を持ち上げた。

「あ……そうだったんですね」

二葉の声のトーンが落ち、奏斗はあっという表情をして言う。

「もしかして、なにか作ってくれてたのか?」

「えっと、まあ。でも、大したものじゃないんです。別に今日じゃなくても」

「二葉の作ってくれたものを食べたいに決まってる」

奏斗に言われて、二葉は指先をもじもじと絡めた。

「えっと、冷蔵庫に残っていた材料で作ったポトフなんです。奏斗さんはなにを買ってきてくれたんですか?」

「メインになりそうなサラダだ。食欲がなくても食べられるかと思って」

奏斗が紙袋から出したのは、たっぷりの野菜にローストビーフが添えられた豪華なサラダと、蒸し鶏にブロッコリーなどの温野菜と豆を使った栄養バランスのいいサラダだった。

「わあ、おいしそうですね。ポトフと一緒に食べましょう。それじゃ、ポトフを温めますね」

二葉はキッチンに向かって鍋に火をつけた。鶏もも肉にジャガイモ、ニンジン、タマネギという、ごくごく普通の材料だが、少しでもおいしくなるよう工夫したくて、ネットでレシピを調べて作った。

奏斗が上着を脱いでキッチンにやって来る。

「手伝うよ」

「それなら、バゲットを切ってトースターで焼いてくれますか?」

「わかった」

奏斗はバゲットをパンナイフでカットしてトースターに入れた。その間に二葉はポトフとボリュームたっぷりのサラダを皿に盛りつける。

バゲットが焼けたので、ふたりともテーブルに着いた。

「いただきます」

奏斗がスプーンを取り上げるのを、二葉はドキドキしながら見守る。

考えてみたら、これが初めて二葉が彼に振る舞う手料理なのだ。

(口に合わなかったらどうしよう……)

奏斗はポトフを口に入れようとしたが、二葉の視線に気づいて彼女を見た。

「食べないの?」

「あ、食べます」

二葉はスプーンを手に取った。

「よかった。食欲がないのかと心配した」

奏斗は言って、ポトフを口に入れた。直後、彼の動きが止まる。

（ん？）

奏斗の反応を不思議に思いながら、二葉はポトフにスプーンを差し入れたが、奏斗が身を乗り出すようにして二葉の皿を掴んだ。

「それも俺が食べる」

「え？」

「二葉が作ったものは全部俺が食べたい」

奏斗は言うなり、深刻な表情で二葉の皿を彼の前に置いた。

「そ、そうですか？」

（そんなに気に入ってくれたのかな）

二葉は照れながらも、奏斗が気に入った味を覚えておきたくて、スプーンにすくっていたスープを口に入れた。

「二葉！」

奏斗が声を上げたその瞬間、二葉はスープを吐きそうになった。

「うっ」

なぜだかしょっぱくて、二葉はゴホゴホと咳き込む。

奏斗は立ち上がってテーブルを回り、二葉の背中をさすった。

二葉は涙目になりながら、麦茶を飲む。

「な……んで」

ネットで調べた〝冷蔵庫の野菜使い切り！　どこか懐かしい和風ポトフ〟のレシピ通りに作ったはずなのに。

「隠し味で薄口醤油を入れるって書いてあったから、その通りに入れたのに……」

二葉は泣きそうになりながら呟いた。

（こんなしょっぱいものを奏斗さんに食べさせたなんて）

「どうしてこんなのを食べてくれようとしたんですか……？」

二葉は言って、奏斗を見上げた。彼は唇を引き結んで二葉の髪を撫でてから答える。

「体調が悪いのに、二葉が作ってくれたから」

「でも、おいしくなかったですよね？　ごめんなさい……」

恥ずかしくて、最後は消え入りそうな声になった。

「そんなことないよ。二葉が作ってくれたものはどんなものでもおいしいし、嬉しい」

奏斗は二葉の髪にキスを落として椅子に戻った。

二葉は目に涙を滲ませながら、奏斗が買ってきてくれたサラダを食べる。彼の優しい言葉が胸にじんわりと染み込んで嬉しく思う反面、サラダがとてもおいしくて、自分が情けなくなる。

沈んだ気持ちのまま食べ終えて、二葉は奏斗にコーヒーを淹れた後、先にお風呂に入った。バスタブの中で膝を抱えて、口まで湯に浸かる。

(最悪……。失敗なしで誰でもおいしく作れるって書いてあったのに……)

そんな簡単なレシピで失敗した自分が信じられない。

吐いたため息が、ブクブクと泡になった。

お風呂から上がってパジャマを着たとき、リビングのほうから話し声が聞こえてきた。不思議に思って覗いたら、奏斗が電話で、英語で話をしている。仕事の話のようだ。

二葉は昼間買っておいた紳士用のパジャマを洗面所において、仕事の邪魔をしないよう自分の部屋に入った。体が温まったら眠くてたまらず、ベッドに横になった。

翌朝、二葉はいつもの通り、スマホのアラームで目を覚ました。昨日はあのまま眠ってしまったようだが、ベッドには二葉しかいない。

(奏斗さんは?)

二葉は部屋を出てリビング・ダイニングに向かった。けれど、そこに奏斗の姿はない。

「奏斗さん？」

バスルームやトイレにもいない。

（どうして？）

二葉は廊下の壁にもたれた。

（昨日の料理がまずかったから？　私に幻滅しちゃった？）

二葉はその場にぺたんと座り込んだ。そのとき、遠くのほうでメッセージの受信を知らせるスマホの電子音が聞こえた。

（奏斗さんっ⁉）

急いで部屋に入ってスマホを手に取った。奏斗からのメッセージが届いていて、緊張しながら読む。

【おはよう、二葉。アラームが鳴る頃だから、そろそろ起きたかな。ぐっすり寝てたし、起こさなかった。朝食と昼食を用意しておいたから、ちゃんと食べるんだぞ。それから、ポトフはカレーにしてもおいしいらしい。もしまだ気にしているなら、帰ってから一緒に作って食べよう】

改めてダイニングテーブルを見たら、炒めたベーコンとキャベツの中央に半熟卵がのった〝巣ごもり卵〟が置かれている。

（奏斗さんってなんでもできるんだ……）

二葉は彼に助けてもらっているのに、二葉は奏斗の役に立てていない。

（今日はポトフのリメイクカレーを作るとしても、明日こそはちゃんとおいしいご飯を作って、名誉挽回しなくちゃ！）

二葉は固い決心をしつつ、冷凍していたクロワッサンをトースターに入れた。

奏斗が用意してくれた朝食と昼食はつわりでも食べやすく、完食できた。

（おかげで今日は仕事がはかどりそう）

自分の部屋でパソコンを立ち上げて、メールチェックをする。そこに出版社からのメールを見つけてドキンとした。

イギリス滞在中にメールでレジュメを送った出版社だ。

緊張しながらメールを開いた。

【先日はレジュメをお送りいただき、ありがとうございました】で始まるそれを、ドキドキしながら読み進める。ほどなくして【栗本さんに翻訳をお願いしたいと考えています】という文字を見つけて、椅子に座ったまま両手を突き上げた。

「やったぁーっ！」

小説の、それも大好きな恋愛ファンタジー小説の翻訳をするという夢が初めて叶ったのだ。

（どうしよう、すごく嬉しい！）

二葉は両手を頬に当ててその場で身もだえしそうになったが、【栗本さんからお引き受けいただける旨のご返信をいただいてから、詳細を決めさせていただきたいと思います】と書かれているのに気づき、震える手で返信ボタンをクリックした。本当は今すぐにでも翻訳を始めたいくらいだが、ひとまず気持ちを落ち着かせて、丁寧に返信を打つ。

メールに不備や失礼がないか何度も見直してから、送信ボタンを押した。

あとは出版社の担当者からの返信を待つのみだ。

（うわぁ、すごく嬉しい！　奏斗さんに早く報告したい！）

メッセージで吉報を知らせようとスマホを手に取ったが、やっぱり直接伝えたいと思い直した。

（奏斗さん、早く帰ってこないかなぁ）

朝の落ち込みはどこへやら、嬉しい知らせに心が躍ると、不思議と活力が湧き上がってくる。鼻歌を歌いながら掃除と洗濯を済ませた。それから複数のネットレシピを参考にして、ポトフをカレーにリメイクする。今回はきちんと味見をして、ほんのり和風味のカレーにできあがったことを確認した。

奏斗に夕食を作ったことをメッセージで伝えると、【ありがとう。でも、遅くなるから先に食べていてくれ】と返信があった。けれど、どうしても一緒に食べたくて、奏斗が帰ってくるのをソワソワしながら待つ。すると、彼は午後十一時近くになって帰ってきた。

二葉が寝ていると思ったのか、奏斗は渡していた合い鍵を使って、静かにドアを開けて入ってきた。

「奏斗さん、お帰りなさい！」

二葉はリビング・ダイニングから顔を覗かせた。

「ただいま」

奏斗は少し驚いた顔で言った。二葉は一刻も早く嬉しい知らせを伝えたくて、彼にギュウッと抱きついた。

「聞いてくださいっ。今日、すごく嬉しいことがあったんです」

「どうしたんだ？」

奏斗は二葉の背中にふわりと両手を回した。

「実は、ついに！　小説の翻訳を依頼されたんです」

「それはすごいな！」

奏斗はビジネスバッグをシューズロッカーの上に置いて、二葉を両手で抱き上げた。

「ついに夢が叶ったのか。おめでとう！」

「ありがとうございます。しっかりいい翻訳をして、また次、依頼してもらえるようにがんばりますね」

「応援しているよ」

奏斗は二葉を下ろした。昨日のようにただいまのキスをしてくれるのかと思ったが、彼は二葉の髪をふわっと撫でただけだった。そのままリビング・ダイニングに向かう彼の後ろ姿を見て、二葉の胸がチクンと痛む。

（こんなに遅くまでがんばって働いてたんだから、やっぱり疲れてるよね……）

それなのに、一方的に自分の話ばかりしてしまった。

二葉は反省して、彼に食事を勧める。

「奏斗さん、ポトフをカレーにリメイクしましたよ。一緒に食べようと思って、待ってたんです」

それを聞いて、奏斗は「えっ」と驚いた声を出した。

「先に食べてるようにメッセージを送ったじゃないか」

「え、でも」

「こんな時間まで食べないなんて、体によくないだろう」

「ご、ごめんなさい」

奏斗に予想外に強い口調で言われて、二葉はしゅんとなって足元に視線を落とした。

二葉の落ち込んだ様子を見て、奏斗は小さく息を吐き、二葉の髪をポンポンと撫でる。

「きつい言い方をして悪かった。だが、毎日決まった時間に食べたほうがいいだろうから、俺を待たないで先に食べてくれ」

「……はい」

「それから、朝は二葉にゆっくり寝ててほしいから、俺はソファで寝るよ」

彼の言葉を聞いて、二葉は顔を上げる。

「えっ、それじゃよく寝られないんじゃ」

「昨日も寝たから大丈夫だ」

「そうですか……」

それは二葉が先に寝てしまったからだろうか？

そう思ったが、奏斗が疲れている様子だったので、それ以上は訊きにくい。

二葉は寂しい気持ちになりながら、リメイクカレーを皿によそった。


その二日後の木曜日、奏斗は夜十時を過ぎても帰ってこなかった。昨日も今朝もほとんど顔を合わせていない。

(引っ越しのことも、メッセージでやりとりしただけだし……)

今日こそは顔を見て話をしたい。

そう思って、彼が帰ってくるのを寝ないで待つ。けれど、ベッドで横になっていたらいつの間にか眠ってしまったらしく、気づいたら朝になっていた。

スマホの時刻を見たら、まだ五時半だ。

(奏斗さんは帰ってきたのかな？)

二葉はベッドを出てリビング・ダイニングを覗いた。

奏斗はソファの上で、右腕を枕にしてタオルケットを被って眠っていた。彼がいたことにホッとしながら、二葉は足音を忍ばせてソファに近づいた。ソファの前で膝をついて、彼の寝顔をじぃっと見る。

少し長めの前髪は洗いざらしで、濃いまつげが頬に影を落とし、やや薄めの唇はかすかに開いている。キリッとした二重の目が閉じているからか、どことなくあどけなさを感じた。

こんなにも近くで彼をじっくり見るのは、ロンドンの夜以来かもしれない。

（奏斗さん、お仕事忙しいの？）

二葉は彼の曲げられた右肘にそっと頭を乗せた。

「ん……」

奏斗が吐息を零して身じろぎした。起こしてしまったのかとヒヤリとしたが、彼が逆の手を動かし、その手が二葉の肩にかかる。

（奏斗さん、寝ぼけてるのかな？）

それでも、彼に抱き寄せられたことが嬉しくて、ドキドキドキと鼓動が頭に響く。

「奏斗さん、大好き」

囁き声で彼に想いを伝えた。

「二葉……」

吐息混じりの声で呼ばれて、彼が眠っていても二葉のことを考えてくれているのだと嬉しくなる。

「奏斗さん」

無意識のうちに名前を呼ぶと、彼がさらに二葉を引き寄せた。自然と唇が触れて、胸がギュッとなる。

切ないのと嬉しいのとで、二葉は彼の体に右手を回した。

直後、後頭部に彼の手が触れたかと思うと、キスがぐっと深くなる。思わず彼のパジャマの生地を掴んだら、二葉の唇を貪っていた奏斗が、ピタリと動きを止めた。

「二葉⁉」

奏斗は目を見開き、弾かれたように二葉から離れた。

「どうしてってここに⁉……だって、一緒に住んでるのに」

奏斗の反応に傷ついて、二葉は小声で答えた。

「いや、そうだけど、せっかく別々に寝ているのに」

奏斗はあぐらをかいて右手で前髪をくしゃくしゃと乱した。二葉は胸がズキンと痛んで、そっと立ち上がる。

「ごめんなさい。そんなふうに嫌がられるとは思ってなくて」

二葉は込み上げてきた涙をぐっとこらえて、自分の部屋に戻った。ベッドに横になったとたん、我慢できなくなって涙が溢れ出した。

(好きだって言ってくれたのに)

けれど、ここ数日——正確にはまずいポトフを食べさせてから——彼はよそよそしくなった。彼に幻滅されたのかもしれない。だから、彼はずっとソファで寝てたのかも……。

悲しくてたまらず枕を抱きしめたとき、部屋のドアがノックされた。

「二葉?」

やっぱり君とはこれ以上一緒に暮らせない。

君のことはもう好きじゃないんだ。

そんなことを言われたらどうしよう。不安でドキドキしながら返事をする。

「……なんですか?」

「入ってもいいか?」

「どうしてですか」

「話がしたい」

別れ話をされるのかもしれない。

それが怖くて、二葉は震える声で言う。

「私はしたくありません」

「俺はしたい。二葉が泣いているのに、このままにはできない」

二葉は涙を拭って深呼吸をした。けれど、何度深呼吸を繰り返しても、涙は収まらない。

「すまない」

「なんで謝るんですか。もう私のことが好きじゃないからですか」

「違う！」

奏斗の大きな声が聞こえてきて、驚いて二葉の涙が止まった。

「じゃあ、どういうことですか」

「……二葉が嫌だろう？　二葉に嫌われたくない」

奏斗は苦しそうな口調で言った。二葉は意味がわからず、怪訝な声を出す。

「私が奏斗さんを嫌うことなんてありません。奏斗さんこそ私が嫌なんでしょう？」

「そんなわけない。違うんだ」

二葉は静かにベッドを下りて、部屋のドアに近づいた。奏斗の声が話を続ける。

「俺が悪いんだ。二葉はまだつわりで大変なのに、二葉のそばにいると抑えが利かなくなる」

思ってもみない言葉だった。

奏斗の声が聞こえてくる。

「二葉を大切にしたいと思っているのに、二葉を好きすぎる気持ちを抑えられないんだ」

二葉はそっとドアを開けた。ドアの向こうでは、奏斗が苦しげに表情を歪めて立っていた。

「だから、よそよそしくしてたんですか？」

「……すまない」

「私のほうこそ……奏斗さんを気遣えなくてごめんなさい」

奏斗はぎこちなく微笑んだ。

「二葉が謝ることなんてない。俺が我慢すればいいだけの話だ」

奏斗は二葉をふわりと抱き寄せた。温かな胸に包まれて、二葉はほうっと息を吐く。

「奏斗さんに我慢させるのは申し訳ないんですけど、でも、たまにはこんなふうにギュッてしてほしいです」

「そうだな。俺も二葉を抱きしめたい」

奏斗は二葉の肩に顔をうずめた。しばらくそうしてから、ぼそりと言う。

「よそよそしいと言うなら、二葉もだぞ」

「えっ、私がですか？」

奏斗は顔を上げて横目で二葉を見た。

「いつまで敬語を使うつもりだ？」

「あ……」

「よそよそしい敬語はやめてくれ」

「ごめんなさ……あ、ごめん、ね」

二葉が言い直したのを聞いて、奏斗は小さく笑みを浮かべた。それでもその横顔はどこか切なげで、二葉は頬を染めながら言う。

「あの、あのね、安定期に入ったら……いちゃいちゃしてもいいみたいだから……もう少し待ってくださ……待っててね」

奏斗は顔を起こして、二葉の額に軽く額を当てた。

「わかった。それまでどうにか我慢するよ」

奏斗の言葉を聞いて、二葉は微笑んだ。

「かわいい笑顔だ」

奏斗は二葉にチュッと口づけてから、眉を寄せる。

「ああ、やっぱりとんでもない自制心が必要だな」

ため息混じりに言いながらも、彼が抱きしめてくれることが嬉しくて、二葉は彼の胸にそっと頬を寄せた。

たくさんの愛を

土曜日は二葉が奏斗の部屋に引っ越す日だ。

必要な荷物は日中、奏斗が手配してくれた引っ越し業者が運んでくれたので、二葉は仕事で使っているパソコンや貴重品を段ボール箱に入れて、奏斗のＳＵＶの後部座席に載せた。

彼の車に乗るのは二度目だ。一度目は奏斗と再会した直後だったので、動揺していてよくわからなかったが、さすが誰もが知っている高級海外メーカーの車である。インテリアはシックなグレーで統一されていて高級感があり、座席もゆったりしていて、乗り心地は快適だ。

「あのマンションだ」

奏斗は堂島川に近く、公園を見下ろす高層マンションの敷地に車を入れた。駐車場で車を降りて、二葉はマンションを見上げた。暗い夜空を背景に、明かりの灯った部屋がずっと上まで続いている。

「奏斗さんの部屋は二十五階って言ってたけど、マンションは何階建てなの？」

「二十五階だ」

奏斗は後部座席から段ボール箱を取り出して返事をした。

「ってことは、最上階なんだ！　きっと景色がきれいよね」

二葉が見上げていたら、奏斗が右手で段ボール箱を抱えて、左手を二葉の腰に回した。

「さあ、行こう。荷物は俺が持つから」

「ありがとう」

二葉は奏斗に促されるまま、駐車場からマンションのエントランスに向かった。歩道の両側には木や花が植えられていて小さな池もあり、庭園のようになっている。まるで都会のオアシスだ。

エントランスの中はホテルのロビーのように広い……と思ったら、なんとホテルと同じくコンシェルジュが駐在している。黒いスーツに名札をつけたふたりの女性が、「お帰りなさいませ」と声をかけてきた。

「困ったことがあったら、彼女たちに相談するといい」

奏斗にコンシェルジュを紹介されて、二葉はドキドキしながらお辞儀をした。

（すごいなぁ）

ほかに、エントランスには観葉植物とソファが置かれていて、奥にはパーティールームとキッズルームがあった。室内用の遊具があるので、雨の日に子どもを遊ばせるのにちょうどよさそうだ。

エレベーターに乗って二十五階で降り、角部屋の二五〇一号室の前で奏斗が足を止めた。鍵を開けて、二葉のためにドアを大きく開ける。

「どうぞ」

「お邪魔します」

「ただいまでいいのに」

奏斗が苦笑混じりに言った。

「あ、そうか」

二葉は小さく肩をすくめて、玄関に足を踏み入れた。センサーライトが点灯し、足元がほんのり明るくなる。

「ここが二葉の部屋だ」

奏斗は入り口に近い部屋のドアを開けて明かりをつけた。

「わあ」

そこは六畳ほどの真新しいフローリングの部屋で、使い慣れたパソコンデスクとチェア、それに新しい本棚が設置されていた。引っ越し業者が荷造りから荷解きまですべてしてくれるプランだったので、すでに本がきちんと並んでいる。衣類や衣装ケースもクローゼットの中に収められていて、そのほかの持ち物も、指定の場所に片づけられていた。

部屋は3LDKで、奏斗が簡単に室内を案内してくれた。

「引っ越し、大変だっただろう？」

奏斗が気遣うように言い、二葉は首を横に振る。

「ううん、業者さんがすべてやってくれたから、ぜんぜん平気」

「それなら、食事に行けそうか？」

「うん」

二葉は明るい声で返事をした。

ここに来るまでの車中で、『体調がよければ、引っ越しのお祝いを兼ねて食事に行こう』と誘われていたのだ。

「それじゃ、行こう」

奏斗に促されて部屋を出た。

彼は白いシャツにライトグレーのパンツとダークグレーのジャケットという格好だ

が、二葉が着ているのは、ライトブルーのシンプルなマタニティワンピースだ。少しカジュアルかなとも思ったが、彼がなにも言わないので、ドレスコードの厳しい店ではないのだろう。

そう思って助手席に座っていたのに、車がＪＲ大阪駅にほど近いラグジュアリーホテルの車寄せに乗り入れたので、二葉は驚いて声を出した。

「まさか、食事ってここで……？」

「ああ。創作フレンチの店を予約しておいた」

「えっ、ドレスコードがあるでしょ？」

「心配いらない」

奏斗は車を駐車係に預けると、戸惑ったままの二葉をホテルの中にあるブティックに案内した。フランスに本店のある高級ブランドだ。

「ここで一式揃えるから」

（一式⁉）

高級感の溢れる店構えに、二葉は尻込みしそうになった。

そんな二葉の腰に手を回して、奏斗は店内へと促す。

（わあ……）

初めて入った高級ブランドのブティックは、スペースがゆったり取られていて、展示されている服や小物は、どれも洗練されている。

きっと高いんだろうな、と思いながらも二葉が見とれていたら、女性スタッフが奏斗に声をかけた。

「大槻さまですね。お待ちいたしておりました」

(えっ、奏斗さん、来店予約をしてたの⁉)

二葉が驚いて奏斗を見ると、彼は二葉の耳元で言う。

「あらかじめ要望を伝えてあるから、きっと二葉にぴったりのドレスが見つかるはずだ」

驚きの絶えない二葉を、少し年上ぐらいの女性スタッフが促す。

「こちらへどうぞ」

スタッフは二葉を奥の部屋に案内した。靴を脱いで上がるそこは、広いフィッティングルームになっていた。隅にはキャスターつきのハンガーラックがあり、黒やグレー、淡いピンクやシルバーなど、何着ものドレスが吊されている。

「お好きなお色はございますか？」

女性に訊かれて、二葉は緊張しながら答える。

「えっと、黒とか紺とか、落ち着いた色が好きです」

「かしこまりました。お客さまの雰囲気に合いそうなデザインのものを何点かお持ちいたしますね」

女性スタッフは、ハンガーラックから色味やデザインの異なるワンピースを何着か選んでくれた。そのどれもお腹が苦しくないようなマタニティ向けのデザインだ。奏斗がわざわざ事前に連絡してくれたのは、このためだったのだろう。

見せてくれた中から、かすかな光沢のあるサテンの生地に、繊細なレースが重ねられた黒のワンピースを選んだ。ウエストの高い位置にサテンリボンの細いベルトがついていて、上品な中にもかわいらしさのあるデザインだ。

靴はストラップのついたローヒールの黒のパンプスにする。

「お客さまの白いお肌に映えてとてもお似合いです」

女性スタッフに褒められて、二葉は照れながら「ありがとうございます」と礼を言った。

上質な服を身に着けると、自然と気持ちが高揚する。

(せっかくの引っ越し祝いだから……)

値札がないのは不安だが、それこそ〝清水の舞台〟から飛び降りたつもりで奮発しように、と思う。

着てきた服を包んでもらってフィッティングルームを出たら、奏斗が待っていた。

彼はいつの間にか、黒のシャドーストライプのスリーピースに着替えていた。

(奏斗さん、すごくかっこいい……)

思わずぼうっと見とれてしまう。

奏斗は目元を緩めて二葉を見た。

「きれいだ」

「あ、ありがとう。奏斗さんもすごくステキ」

二葉はドキドキしながら答えた。会計をしようとスタッフを探したとき、奏斗が二葉の肩にそっと両手をのせて、鏡のほうを向かせた。

「アクセサリーはこれを」

奏斗は後ろに立って、二葉の顔の前に手を回し、首の後ろで留め具を留めた。首元にひんやりとした感覚があって、二葉は視線を落とす。すると、繊細なデザインのプラチナチェーンの先で、大粒のダイヤモンドが輝いていた。

「えっ」

「よく似合っている。ほら」

奏斗の言葉に促されるように、二葉は正面の鏡に目線を移した。エレガントな黒のワンピースに、美しいダイヤモンドが適度な華やかさを添えている。

（わあ、きれい……）

思わず鏡に見とれる。

そう言えば、ダイヤモンドのネックレスは持ってなかったな、と思ったとき、ハッとした。

ラグジュアリーホテルのレストランで食事をするなら、ふさわしい装いは必要だろう。けれど、ネックレスまではさすがに手が出ない。

「とてもステキだけど、今日はワンピースとパンプスだけにしておくね」

二葉が小声で言うと、奏斗は二葉の耳元に唇を寄せた。

「もう会計は済ませた」

「えっ」

「小説の翻訳をするという二葉の夢が叶ったお祝いとして、すべて受け取ってほしい」

「すべて？」

「ああ」

さらっと言われて、二葉は目を剥いた。

「そんな、いくらなんでも申し訳ないよ！」

「気に入らないのか？」

「う、ううん、どれもステキだけど、奏斗さんばかりに負担させるわけには」

「俺が祝いたいんだ。それに、嬉しそうにしている二葉を見られたから、俺も嬉しい。このまま俺を喜ばせておいてくれ」

その言葉通り、鏡の中の奏斗が本当に嬉しそうに笑うので、二葉は素直に厚意に甘えることにした。

「ありがとう。その代わり、奏斗さんに嬉しいことがあったら、私にいっぱいお祝いさせてね」

「それなら毎日祝ってもらわなければな」

どういうことだろう、と二葉は彼を振り仰いだ。

「二葉と一緒にいられて毎日嬉しいからだ」

奏斗は片方の口角を上げてニッと笑った。いたずらっぽい表情なのにどこか艶めいていて、二葉の心臓が大きく跳ねる。

「それじゃ、行こうか」

奏斗は紳士がレディをエスコートするように手を差し出した。

「あ、うん」

二葉はドキドキが治まらないまま、彼の手に自分の手を重ねた。

「ありがとうございました。いってらっしゃいませ」

店員の声に送られて、二葉は奏斗と一緒にエレベーターホールに向かった。彼が予約してくれていた創作フレンチの店は、最上階にある。

エレベーターを降りて、フロアの左側にある落ち着いた店構えのレストランに着いた。奏斗が受付で名乗ると、白いシャツに黒いベストとスラックス姿の案内係が、ふたりを個室へと案内する。

フロア席も洗練されていたが、個室はさらに豪華だった。床には分厚いカーペットが敷かれていて、天井には上品なシャンデリアが、テーブルにはキャンドルが柔らかな明かりを灯している。調度品はブラウンで統一されていて、窓からは大阪市内の夜景が望めた。

案内係が椅子を引いてくれたので、二葉はそっと腰を下ろした。

「本日はご来店ありがとうございます。特別メニューでご予約を承っております」

案内係の言葉を聞いて、二葉はワクワクしてきた。

（特別メニューってどんなお料理なんだろう）

ほどなくして、制服にソムリエエプロンを着けた男性が個室に入ってきた。彼は一本のボトルを手に持っている。

「こちら、お料理に合わせてご用意いたしました、ノンアルコールのスパークリングワインでございます」

ソムリエがグラスに淡い金色のドリンクを注ぐのを見て、二葉は胸がじぃんとした。

「奏斗さん、わざわざノンアルコールのものを注文してくれてたんだ」

「一緒に飲んだほうがおいしいだろ？」

「ありがとう」

奏斗の気遣いが本当に嬉しい。

やがて料理が運ばれてきた。

美しく盛り合わされたオードブルに、旬の食材を蒸した前菜。ホワイトアスパラガスが添えられた茹でオマール海老は身がほんのりと甘い。トロトロに煮込まれた神戸牛のシチューは、口の中で蕩けるように崩れた。

「んー、おいしい。幸せ」

ゆったりした個室で、奏斗とふたりきりで極上の料理を味わう。

これ以上ないくらい幸せだ。

二葉の様子を見て、奏斗は目を細めた。

「俺も幸せだ」

料理のメインを食べ終わったとき、給仕係が皿を片づけに来た。

「デザートをお持ちいたしますね」

給仕係が奏斗に声をかけ、彼はゆっくりと頷いた。

（デザートもきっとものすごくおいしいんだろうなぁ……）

二葉は楽しみでほうっと息を吐いた。

ほどなくして、ドアがノックされて開いた。

「お待たせいたしました」

給仕係がワゴンを押して入ってきた。そのワゴンにハート形のケーキと大きなバラの花束がのっていて、二葉は目を見開く。

給仕係はテーブルにケーキを置いた後、奏斗に真っ赤なバラの花束を手渡し、一礼して部屋を出て行った。

奏斗は立ち上がって二葉に歩み寄る。

「二葉。改めて約束させてほしい。君を一生愛し、大切にする」

奏斗がバラの花束を差し出し、二葉は目を見開いたまま両手で受け取った。花束は両手でも抱えきれないほどの大きさで、甘く濃い香りを漂わせている。

まさかこんなふうにしてくれるなんて、思いもしなかった。

二葉は胸がいっぱいで言葉に詰まりながらも、どうにか声を発する。

「ありがとう。すごく嬉しい」

顔を上げた二葉は、奏斗が片膝をついているのを見て驚いた。

「奏斗さん？」

彼は手に持っていた黒い小箱の蓋を開けて、二葉のほうに向けた。そこには優美なラインを描くプラチナのリングが入っていて、中央の大粒のダイヤモンドがキラキラとまばゆく輝いている。

その輝きが、涙で滲んだ。

「二葉と俺たちの子どもを全力で守る。だから、二葉は安心してずっと俺のそばで笑っていてほしい」

「……っ、はい」

奏斗は箱から指輪を抜き取って、箱をテーブルに置いた。二葉の左手を取り、薬指に指輪をはめる。ひんやりとしたそのリングは、そこにあるのが当然というように、二葉の指にぴったりと収まった。

二葉は涙で声を震わせながら想いを伝える。

「私も奏斗さんを一生愛し、大切にします。だから、ずっと私のそばにいてください」

「もちろんだ。嫌だって言われても絶対に離さない」

奏斗は立ち上がって腰をかがめ、二葉の唇にキスを落とした。唇を離して二葉をギュッと抱きしめる。

「二葉、愛してるよ」

「私も奏斗さんを愛してる」

二葉はありったけの想いを込めて、奏斗の背中をギュッと抱きしめた。


その三週間後、十五週に入った土曜日、二葉は奏斗と一緒に産婦人科に検診に行った。これまでの二回の検診は不安と孤独を抱えてひとりで来院したが、今日は幸せな気持ちでいっぱいだ。

三室ある診察室にも、診察室の前にある中待合室にも男性は入れないため、奏斗は受付前にある外待合室で待っている。

「順調に大きくなっていますね」

これまでと同じ女性医師が指先で画面を示した。赤ちゃんは前回よりもずっと人らしい外見になっていて、二葉が見ていたら、指をくわえるような動作をした。

「わ、動いた！」

二葉は嬉しくなって声を上げた。

奏斗との間に絆が育まれているように、二葉のお腹の中で大好きな人との赤ちゃんが確実に成長している。

神秘的で不思議で、でもとても嬉しい。

「困ったことはありませんか？」

医師は二葉にエコー写真を渡しながら訊いた。

「あの、実はいろいろあったんですが、赤ちゃんのパパと一緒にこの子を迎えることができるようになって……彼がいろいろ気遣ってくれるので、不安なく過ごせています」

二葉が頬を染めながら言うのを聞いて、医師は破顔した。

「まあ、それは本当によかったですね。では、今日はこれで大丈夫ですよ。受付で次の検診を予約して帰ってくださいね」

「はい、ありがとうございました」

二葉は診察用の椅子を下りてパーティションの中に入った。下着をつけてドアを開ける。

（エコー写真、早く奏斗さんに見せたいな）

二葉は写真を入れたバッグを持って、ワクワクしながら中待合室を出た。

奏斗を捜してロビーを見回したら、彼はキッズスペースの前にいて、お腹の大きな女性が荷物を拾うのを手伝っていた。どうやらその女性は、キッズスペースで遊んでいた上の子に靴を履かせて立ち上がろうとしたとき、マザーズバッグを落としてしまったようだ。タオルや水筒、虫除けジェルやウェットティッシュなどが散らばっていて、二歳くらいの女の子がそばで立っている。

二葉も手伝おうとしたが、二葉が近づくより早く、奏斗はすべて拾い終えて女性に渡した。

「ありがとうございました」

女性の礼の言葉に、奏斗は「いいえ」と会釈をする。

「あーとっ」

女の子が奏斗を見上げてかわいらしい声で言った。〝ありがとう〟と言っているのだろう。

「どういたしまして」

奏斗はしゃがんで女の子と目線を合わせて言った。

（わあ、奏斗さん、優しいパパになりそう！）

二葉が見ていたら、奏斗は視線に気づいたらしく、女の子に手を振って二葉に歩み寄った。

「診察終わった？」

「うん。エコー写真もらったよ」

奏斗に写真を見せたら、彼は目を細めて頬を緩めた。これまでの写真も見せているので、成長具合がわかるのだろう。

「自分の子だと思うと、たまらなく愛おしく感じるな」

「でしょ？　今日はね、私が見てるときに指をしゃぶったんだよ！」

「本当か！　見たかったなぁ」

「3Dエコーのときはパパも見せてもらえるらしいから、そのときを楽しみにしててね」

二葉が3Dエコーの説明をしていたら、会計から名前を呼ばれた。

「栗本さん、栗本二葉さん」

「あ、奏斗さん、お会計してくるね」

二葉はカウンターに向かった。いつもの通り会計をして次回の予約をする。財布をバッグに戻したとき、左手の薬指のきらめきが視界に映った。

手を広げたら、天井の照明を浴びて、大粒のダイヤモンドが艶やかに輝く。

幸せな気分で頬を緩めたとき、奏斗が近づいてきた。

「二葉、行こうか」

「あ、うん」

駐車場に着いて、奏斗が助手席のドアを開けた。

「ありがとう」

二葉は助手席に座った。運転席に回った奏斗が、右手を伸ばして二葉の左手を取った。そのまま手を持ち上げて、二葉の手の甲にキスをする。

「奏斗さん？」

「結婚式はいつ挙げようか？」

奏斗に訊かれて、二葉は考えながら答える。

「んー……私は挙げなくてもいいかなと思うんだ」

「えっ、憧れとかないのか？」

奏斗が驚いたように言った。二葉は寂しさを覚えながら答える。

「子どもの頃はウエディングドレスとかチャペルに憧れもあったけど……マタニティドレスって限られてそうだし、なにより今はドレス姿を見てほしい人がいないもの」

「二葉……」

奏斗がいたわるような声を出した。二葉はハッとして言う。

「あ、ごめんなさい！　奏斗さんは御曹司だし、やっぱり結婚式とか披露宴とか必要だよね？」

「いや、二葉が乗り気でないなら無理して挙げなくていい」

「えっ、本当にそれでいいの？」

「ああ。二葉の気持ちと体が最優先だから」

「ありがとう」

奏斗が二葉の手を離し、二葉は左手を膝の上に置いた。薬指の輝きは、信じられないほど美しい。

「奏斗さんにはいつも気遣ってもらって……申し訳ないです」

奏斗は小さく息を吐いた。

「どうして申し訳ないなんて思うんだ？　二葉は俺にとびきりのプレゼントをくれたじゃないか」

「えっ……プレゼント？」

思い当たる節がない。

「俺の家族だよ」

奏斗は愛おしそうに二葉のお腹にそっと右手で触れた。

「あ……そうか……。でも、赤ちゃんは奏斗さんからの贈り物でもあるんだよ」

二葉は奏斗の大きな手の上に自分の手を重ねた。

「待ち遠しいな」

奏斗が呟くように言って、二葉を見た。

「もう性別はわかるのか？」

「十二週を過ぎればわかることもあるみたいだけど、先生はなにも言ってなかったな。

奏斗さんは性別、知りたい？」

「うーん、どっちでもいいな。生まれるまで楽しみを取っておいてもいいし。それに、どっちだって二葉に似てかわいい子になるはずだ」

「えっ、奏斗さんに似たほうがかわいい子になると思う」

「つまり、どっちに似てもかわいいってわけだ」

そう言って奏斗は嬉しそうに目を細めた。赤ちゃんの誕生を楽しみにしてくれている様子が伝わってきて、二葉はどうしようもなく幸せな気分だった。

それから一週間経った土曜日。

今日は昼過ぎに奏斗と一緒に彼の両親の家に挨拶に行く予定だ。

大企業の社長夫妻に会うのだと思うと、せっかく奏斗が朝食に作ってくれたフレンチトーストも、なんだか喉を通りにくい。

「食欲がないのか？」

奏斗に心配そうにされて、二葉は笑みを作って答える。

「あ、ごめんね。すごくおいしいんだけど、ちょっと緊張しちゃって」

「そんなに気負わなくてもいい」

「でも、奏斗さんのご両親にいい印象を持ってもらいたいし……」

「いつも通りの二葉でいれば大丈夫だ」

奏斗はそう言ってくれるが、大槻ホールディングスは歴史ある大企業だ。まったくの庶民である二葉を、社長夫妻は息子の妻としてふさわしいと思ってくれるだろうか。夫妻の前でなにか粗相をしないだろうか。

不安しかない。

そんな二葉の心情を感じ取ったらしく、奏斗は彼女を安心させるように微笑んで言う。

「俺にとって二葉はかけがえのない人だってしっかり伝えておいたから、父はふたり目の孫の誕生を楽しみにしてくれている」

「そう？」

「ああ。それに母には『もっと早く言ってくれれば、二葉さんがつわりで大変なときに、助けてあげられたのに』ってチクリと言われた」

「そうなの？　でも、奏斗さんがすごく助けてくれたから、私は大丈夫だったけど」

「そう言ってもらえると嬉しいけど、俺としてはつわりで苦しんでいる二葉と代わりたかった」

「代わってもらえたらありがたかったけど、それぱっかりは無理ね」

二葉はクスッと笑った。そのおかげでほんの少し気持ちが軽くなる。

奏斗も一緒に笑ったが、すぐに真顔になった。

「もし二葉が望むなら、二葉のおじいさんとおばあさんに、俺だけでも挨拶に行っていいんだぞ」

奏斗に気遣わしげに言われて、二葉は目を伏せた。

奏斗に本心を打ち明けた日に、祖父に『二度と顔を見せるな！』と言われた話をして以来、祖父母の話題は避けてきた。

改めて訊かれて、二葉は小声で答える。

「奏斗さんの気持ちは嬉しいけど、奏斗さんに嫌な思いをしてほしくないの」

「わかった。俺にしてほしいことがあったら、いつでも言ってほしい」

「うん、ありがとう。でも、大丈夫」

「そうか。それなら俺は片づけをするから、二葉はゆっくりしてろ」

奏斗は立ち上がって、二葉の髪にキスを落とした。

「でも、体重が増えすぎないように、適度に動かなくちゃいけないから手伝うね」

二葉は奏斗に続いてシンクに向かった。

午後一時になって、奏斗の両親に結婚の挨拶に行くため、奏斗の車に乗って出発した。

義理の両親になる人に会うのだから、畏まりすぎず、けれどほどよくきちんと見えるよう、二葉はライトブルーのブラウスにネイビーのフレアスカートを合わせた。奏斗は白いシャツにネイビーのテーラードジャケット、ベージュのスリムパンツという格好だ。

大槻ホールディングスは大正時代まで本社は東京にあったが、三代目が社長になったとき、初代の遺言に従って、初代の出身地である大阪に本社が移されたのだ。

そんなわけで、奏斗の両親の家は、一族の出身地である大阪府郊外の市の閑静な住宅街にある。塀や生け垣で囲まれた大きな敷地の家ばかりだ。

その中の一軒の前で車が停まった。車庫のシャッターが自動で開き、高い塀で囲まれた広い敷地に奏斗が車を乗り入れる。車から降りた二葉は、由緒正しい日本家屋といった佇(たたず)まいの家――というより屋敷――を見て、緊張した面持ちで口を開いた。

「ものすごく大きなおうちなのね……」

「住んでいるのは両親だけだから、広すぎるんだがな。専属の家政婦さんだけじゃ手が回らないから、掃除は昔から専門の業者に週に一度来てもらっている」

専属の家政婦に専門の掃除業者とは。

さすがに大槻ホールディングスの現社長宅だけのことはある。

二葉が生活環境の違いに圧倒されたとき、奏斗は二葉の腰にそっと手を回した。彼の気遣いを心強く思いながら、二葉は彼と一緒に表玄関に向かった。すると、横引きの格子戸の前で、白いシャツに紺色のパンツというこざっぱりした格好の六十歳近い女性が待っていた。

「奏斗坊ちゃま、お帰りなさいませ」

女性は人懐っこそうな笑みを浮かべて奏斗に言った。彼女が大槻邸専属の家政婦なのだろう。

奏斗は気恥ずかしそうな顔を、眉を寄せてごまかす。

「佳乃さん、もう坊ちゃまはやめてくれ」

佳乃と呼ばれたその女性は、「ふふっ」と微笑んで言う。

「坊ちゃまがお小さい頃から見てきましたからね。おいくつになられても、坊ちゃまは坊ちゃまです」

奏斗は小さく咳払いをして二葉を見た。

「二葉、こちらは俺が子どもの頃からずっと大槻の家に来てくれている藤木佳乃さん。佳乃さん、彼女は俺の婚約者の栗本二葉さん」

「栗本と申します。よろしくお願いいたします」

二葉は深々とお辞儀をした。

「そんなに畏まらなくて大丈夫ですよ。遠いところお疲れさまでしたね。中へどうぞ」

佳乃が格子戸を開けてくれたので、二葉は奏斗に続いて家の中に入った。玄関は二葉の家の玄関が四つくらい収まりそうな広さだ。

廊下に出されていたスリッパに足を入れて、佳乃に促されるまま、廊下の奥の部屋に進む。

「旦那さま、奥さま、おふたりがいらっしゃいました」

佳乃が声をかけると、中から低い男性の声で「うむ」と返事があった。

「失礼いたします」

佳乃が開けたドアの向こうは、和室を改装した部屋らしく、漆喰（しっくい）の壁に障子があったが、床はフローリングで、ローテーブルを挟んで大きなソファが向かい合って置かれていた。

そして、左手のソファには、ロマンスグレーの男性が厳めしい顔で座っていた。現社長の大槻智和（ともかず）だ。会社のホームページで見たときはもっと温厚そうな印象だった。ベージュ系のチェックのシャツにブラウンのベスト、ダークグレーのスラックスという格好をしていて、服装だけなら社長というより老紳士という印象だが、面接官のような鋭い眼差しで二葉を見ている。

智和の隣には細身の女性が座っていた。ふんわりしたボブの髪を柔らかな茶色に染めていて、上品なワンピースを着ている。

「父さん、母さん。彼女が栗本二葉さんだ」

奏斗に紹介されて、二葉は緊張しながら挨拶をする。

「こんにちは、栗本二葉と申します。よろしくお願いいたします」

「座りなさい」

智和に重々しい声で言われて、二葉は「失礼します」と断って、ソファに座った。

隣に奏斗が腰を下ろす。

二葉はゴクリと唾を飲み込んだ。

（会社の面接試験よりも緊張する……）

智和は二葉を見ておもむろに口を開く。

「二葉さんに大切なことを言っておかねばならないのだが」

「はい」

二葉はこれ以上ないくらい緊張して、背筋をピンと伸ばした。

「大槻ホールディングスはリーフィとの事業提携を解消しようと思っている」

智和のとんでもない発言に、奏斗が不審そうな声を出す。

「いったいなにを言ってるんだ？　そんなことをすれば、リーフィにとっても痛手だが、大槻ホールディングスだって――」

「奏斗は黙っていなさい」

智和が不機嫌そうな声を出した。奏斗は表情も不審そうになって、腕を組む。

二葉は予想すらしていなかった展開に困惑して、奏斗と智和の顔を交互に見た。

ふたりの間の空気は張り詰めている。

（どうしよう。奏斗さんのお父さんは、なんでそんな重大な話を今この場でしたの……？）

智和は再び二葉を見た。

「リーフィは事業が危うくなり、大槻ホールディングスも今後の仕事に影響が出るだろう。そうなれば、君は社長夫人として贅沢な生活は送れなくなる。それでも奏斗と結婚したいと思うかね？」

二葉は膝の上でギュッと両手を握った。

（奏斗さんの夢が目の前で破れそうになっている。それはとても悔しくて悲しくてつらいけど……でも、これだけは言える）

二葉は顔を上げて、まっすぐに智和を見た。

「大槻社長がなぜそのような方針転換をされたのかはわかりません。でも、間違いなく言えるのは、私はなにがあっても奏斗さんのそばにいて、奏斗さんを支えたいといいうことです。それに、奏斗さんならどんな困難に陥っても、絶対に負けずに夢を叶えるはずだと信じています」

二葉の真剣な視線を、智和は正面から受け止めた。彼はしばらくそうやって二葉を見ていたが、突然笑い声を上げた。

「はははははっ」

「え⁉」

二葉は驚いて声を出した。

「いやいや、あっはっはっ」

ぽかんと口を開ける二葉の前で、智和はなおも笑い続ける。

「あなた、笑いすぎですよ」

妻にたしなめられて、智和はようやく笑うのをやめた。

「いや、すまない。親の私が言うのもなんだが、奏斗はなかなかのいい男だろう？だから、奏斗の内面ではなく外見や肩書き目当ての女性が多くてな。私に取り入って奏斗の歓心を買おうとする者も少なくないんだ。だから、申し訳ないとは思ったが、君の本心が知りたくて、試すような真似をした」

二葉は瞬きをして言う。

「では……事業提携を解消するお話は……？」

「嘘だ」

智和の言葉を聞いて、二葉は肩から力が抜けた。奏斗はため息をつく。

「そんなことだろうとは思ったが」

「すまんすまん。だが、父親として息子を案ずる気持ちもわかってほしい」

「だからって、二葉を試すような真似をするなんて」

奏斗の口調に怒りが混じり、二葉は彼の袖をそっと引っ張った。

「奏斗さん、私は大丈夫だから」

「だが、二葉」

奏斗は不満そうな顔を二葉に向けた。

「お父さまの心配もわかるもの」

「二葉は優しすぎる」

奏斗は不機嫌な顔で言った。

そのとき、ドアがノックされた。

「失礼します」

佳乃がドアを開けて、クッキーと紅茶ののったワゴンを押して入ってきた。

「こちらはカフェインレスの紅茶とおからのクッキーですよ」

佳乃は緊迫した空気を破るようににこやかな口調で言って、二葉の前にクッキーと一緒に白いティーカップを置いた。

「ありがとうございます」

「車での移動は疲れただろう？　ゆっくりお茶でも飲んでくれ」

智和に勧められて、二葉はもう一度礼を言った。

「奏斗さん、お父さまは最初から私たちのことを認めてくださるつもりだったんだと思うよ。だって、妊娠中の私を気遣って、カフェインレスの紅茶を用意してくださってたんだから」

「ごめんなさいね。私は反対したんだけど」

社長夫人がふわっと微笑んだ。

智和はクッキーをひとつつまんで言う。

「奈美に訊いたら、『高カロリーのものは避けてあげて』と言われたから、低カロリーでおいしいと評判のクッキーを取り寄せたのだ」

智和がクッキーをかじり、二葉に「食べてごらん」と勧めたので、二葉もひとつ取った。

「いただきます」

小声で言ってサクッとかじる。思ったよりもしっとりしていて、素朴な甘さが罪悪感なく食べられる。

「おいしいです」

「うむ。気に入ってくれてよかった」

智和が穏やかな表情で言った。

「奏斗さんも食べてみて。本当においしいから」

二葉がクッキーを取って奏斗に差し出すと、彼はまだ不機嫌さの残る表情で受け取って口に入れた。少し味わってから、ぼそりと言う。

「二葉の料理のほうがずっとうまい」

「あらあら」

夫人がふふっと笑い、二葉は頬を赤くする。

「ところで、二葉さん、今何週なの？」

夫人に訊かれて、二葉は紅茶のカップを置いて答える。

「十六週に入ったところです」

「そうなのね。奏斗から聞いたのだけど、とてもご苦労なさったのでしょう？　困ったことがあったら、私たちを本当の親だと思って、遠慮せずに頼ってちょうだいね」

社長夫人は柔らかな笑みを浮かべて二葉を見つめた。その眼差しがとても優しくて、二葉は胸がじぃんと熱くなった。

最初は緊張していたうえに、試されていたと知らなくて、どうなることかと不安だった。けれど、夫人の言葉にも、妊婦でも気兼ねなく口にできる紅茶やクッキーを用意してくれたことにも、社長夫妻や佳乃の気遣いと思いやりが感じられて、涙が出そうになる。

「ありがとうございます」

二葉は瞬きを繰り返してどうにか涙を散らした。

「そうだわ、二葉さんはイギリスにいらしてたんでしょう？　お話を聞かせてちょうだい。私たちがロンドンに行ったのは、もう十年も前のことなのよ」

夫人に請われて、二葉は熱くなりすぎないように気をつけながら、イギリスでの思い出話をした。

「いいわねぇ。私たちもまた行ってみたいわ。ねえ、あなた」

夫人が智和に顔を向けたとき、廊下を歩いてくる複数の足音が聞こえた。すぐにドアがノックされて、佳乃の声が言う。

「旦那さま、奥さま、奈美さまと正輝さまがいらっしゃいました」

けれど、智和が返事をするより早く、ドアが開いた。

「二葉さん、久しぶり！」

前回会ったときよりもお腹が大きくなった奈美が、嬉しそうに手を振った。彼女の後ろには、銀縁の眼鏡をかけた生真面目そうな男性が立っている。彼が義兄の正輝だろう。

「奈美さん！　お久しぶりです」

二葉が立ち上がって挨拶しようとするのを、奈美は右手を振って制止した。

「あ、座ってて」

突然、娘夫婦が登場したからか、智和は驚いたように言う。

「どうしたんだ、連絡もせずに急に」

「二葉さんが来るってお父さんが言ってたから、どうしても会いたくなっちゃって」

奈美は二葉の隣に腰を下ろした。

「お土産にゼリーを買ってきたの」

奈美は正輝を見た。

「お義父さん、お義母さん、ご無沙汰しております」

正輝は畏まってお辞儀をして、持っていた四角い箱をローテーブルに置いた。

「私たちはこれから産婦人科のプレパパ教室に行くので、みなさんで食べてね」

奈美は箱の蓋を開けて中身が見えるようにした。それから二葉と奏斗を見てニヤニヤと笑う。

「あのときはどうなることかと思ったけど、二葉さんが義妹になってくれることになって、すごく嬉しいなって思ってるのよ」

〝あのとき〟とは、二葉が奈美を奏斗の夫だと勘違いしたときの出来事だろう。

「そ、その節はお騒がせしてすみませんでした」

二葉は顔を赤くしながら小声でもごもごと言った。

「いいの、いいの。気にしないで。これからもよろしくね。子どもが生まれたら、一緒に遊ばせましょうね。んー、楽しみ」

いつになくはしゃいだ様子の奈美に二葉が少々気圧されていたら、正輝が「奈美、そろそろ」と声をかけた。奈美は残念そうな顔になる。

「あ、そうよね。あーあ、もうちょっと早く来れば、二葉さんともっとお話できたのに」

「ゼリーを選ぶのに時間をかけすぎたんだ」

正輝は抑揚のない声で言いながらも、奈美を見る目は優しい。

「だって、どれもおいしそうだったんだもの」

奈美は不満そうに零してから、立ち上がって二葉を見た。

「二葉さん、会えてよかったわ。それじゃ、またね」

「あ、はい」

二葉は小さく会釈をした。

ひらひらと手を振る奈美に続いて、正輝が「失礼いたします」と礼儀正しく一礼し、部屋を出て行った。

「……嵐のようだったな」

静かになった室内で、智和がぼそりと言い、夫人がふふっと笑みを零す。

「嬉しいんだと思いますよ。奈美は子どもの頃、妹を欲しがってましたから」

「二葉が振り回されないか心配だ」

奏斗がため息混じりに言った。

「私はひとりっ子だったから、奈美さんみたいなお義姉さんができて嬉しいです」

二葉の言葉を聞いて、社長夫人が穏やかに微笑む。

「そう言ってくれて嬉しいわ」

「奈美は少々騒がしすぎるが、家族が増えて賑やかになるのはいいことだな」

智和が頷きながら言った。そんな温かく和やかな雰囲気から、大槻家に受け入れられたことが伝わってきて、二葉は胸がじぃんとなった。

＊＊＊

その翌々日の月曜日。奏斗は午後から休みを取って、車で滋賀県に向かった。目的地は二葉の祖父母の家だ。

以前、子どもが生まれたらハガキを送って知らせるつもりだと二葉が言ったときに、彼が代わりにやってあげると言って住所を教えてもらったのだ。

そして、二葉の祖父母宅を訪ねるのは、これで三度目になる。

（三度目の正直になればいいんだが）

二葉が言っていた通り、彼女の祖父はひとり息子とともに亡くなった二葉の母のことを悪く言っていた。

けれど、奏斗にはそれだけではないように思えるのだ。怒りや憎しみをぶつけることで、別の感情――おそらくは悲しみと後悔――を紛らせようとしているのではないか。これまでの訪問でそんな印象を受けた。

琵琶湖大橋を渡って湖沿いの道を進み、まばらな住宅街の中にあるコインパーキングに駐車した。そこから歩いてすぐのところに、二葉の祖父母宅がある。

年季の入った瓦屋根の家の前に着き、奏斗はチャイムを鳴らした。

遠くでキンコンという音が響き、少しして玄関扉を開けて、二葉の祖母が顔を出す。

「こんにちは」

奏斗を見て、祖母は「まあまあ」と声を出した。

「また来てくださったの？　申し訳ないわねぇ。おじいさんがうんと言わないから」

「構いません。認めていただけるまで、何度でも伺います」

奏斗がそう答えたとき、祖母の背後から祖父が姿を現した。前回、前々回同様、険しい表情だ。

「何度も来られたら迷惑だ！」

「それは申し訳ありません。ですが、私が二葉さんを大切に思っていることをお伝えして、おふたりに安心してほしいと思っているんです」

「あんな薄情な孫のことなど、わしには関係ないと言っておるだろう」

祖父は顔を背けた。

「ひとつお伺いしたいのですが」

「なんだ」

祖父はじろりと目だけ動かして奏斗を見た。

「おじいさまは二葉さんの幸せを望んでいらっしゃらないのですか？」

奏斗の問いかけを聞いて、祖母は息を呑んだ。祖父はぐっと言葉に詰まり、唇を引き結ぶ。

「わ、私は二葉ちゃんに幸せになってほしいと思ってるわ」

祖母が震える声で言った。

「……わしだって、別に孫の不幸を願ってなどおらん」

そう言いながら苦悩で歪んだ祖父の顔を見て、奏斗は祖父が悲しみ以上に後悔を抱いているのだと感じた。

奏斗は静かに言葉を発する。

「本当は、おじいさまは息子さんたちの結婚を認めなかったことを、後悔されているんですね？　おふたりのことを認めなかったために、おふたりが悲しいまま、つらいまま亡くなったのではないかと」

祖父は苦渋に満ちた表情でしばらく黙っていたが、やがてゆっくりと口を開いた。

「二葉は両親に……父親である幸孝にも、母親にも似ている。二葉を見るたびに、つらくなるのだ。どうしてふたりの想いを尊重してやらなかったのだろう、とな。後悔して自分が許せなくなる。そして、あの子に母親に似たところを見つけては、やり場のない思いをぶつけてしまう。誰かのせいにするのは楽だからな……。自分でも情けないと思っている」

祖父は大きく息を吐いて、天を見上げた。

「だが、気丈に言い返してくるあの子を見ると、幸孝たちに責められている気持ちになる。そうなれば、また後悔が募って、二葉を傷つけてしまう。これ以上あの子を傷つけたくなくて、わざと遠ざけた」

「二葉さんはひとりで本当によくがんばってきました。優しくて、夢に向かってまっすぐで、ぶれない強さを持つステキな人です」

「そう……だろうな。わしはそれを認めてやることすらしなかった」

「今からでも認めてあげてください」

奏斗の言葉を聞いて、祖父は口元を歪めた。

「今さらもう遅いだろう。二葉のことは君に任せる。二葉に、すまなかったと伝えてくれ」

奏斗はゆっくりと首を横に振った。

「そのお気持ちは、二葉さんに直接伝えてあげてください」

祖父は少し視線を落としたが、やがてぼそりと言う。

「いくら二葉が優しくても、わしがこれまでしてきたことを考えれば、二葉がわしの話を聞いてくれるとは思えんのだよ」

「いいえ、おじいさまだからこそ伝えてあげてほしいのです。おじいさまだからこそできることです」

奏斗はビジネスバッグから一枚の紙を取り出した。それを見て、祖父は自信なさそうに呟く。

「そうだろうか？」

その祖父を励ますように祖母が言う。

「大槻さんを信じましょう。二葉ちゃんは私たちを心配して、わざわざイギリスから帰ってきてくれるような優しい子なんだから」

祖父は祖母に顔を向けた。その瞳は、心なしか濡れているように見えた。

幸せなサプライズ

奏斗の両親に挨拶をした翌週の土曜日。今日はふたりで区役所に行って、婚姻届を出すことになっている。

婚姻届にはふたりの証人が名前や住所を書く欄がある。ひとりの欄は先週、奏斗の実家に行ったときに、彼の父に埋めてもらった。もうひとりの欄は今日、区役所に行く前に奈美に書いてもらうことになっている。

「奈美さんの家には三時ぐらいに行けばいいんだよね？」

昼食を食べ終えて、二葉は奏斗と一緒に片づけをしながら言った。

「姉さんの家？」

奏斗が不思議そうにしたので、二葉は笑いながら言う。

「もう、まさか忘れちゃったの？　婚姻届の証人欄に住所氏名を書いてもらわなくちゃいけないじゃない」

「ああ、それな。実は姉さんじゃない人に頼んだんだ」

「え、そうなの？　それなら事前に言ってくれてもよかったのに。誰にお願いしたの？」

奏斗は二葉の問いかけに答えず、リビングのシェルフに置いてあるレターケースから、クリアファイルを取り出した。それを二葉に差し出す。

「いったい誰に――」

お願いしたの、と言いかけた二葉は、証人欄に几帳面な字で書かれた〝栗本洋一郎〟という名前を見つけて、言葉を失った。

（どうしておじいちゃんの名前が書いてあるの⁉）

二葉は奏斗の顔を見た。彼は目元を優しげに緩めて二葉を見つめている。

「ど、どうして？」

信じられない気持ちが大きすぎて、二葉はつかえながら尋ねた。

「二葉がふたりに知らせたいって言ってたじゃないか」

「で、でもあのときは、この子が生まれたらハガキでって言ったのに。だって、あのおじいちゃんだよ？　こんなことしてくれるなんて信じられない」

「じゃあ、訊いてみたらいい」

奏斗は彼のスマホを差し出した。そこには祖父の自宅の電話番号が表示されている。

「入籍する前に、おふたりに挨拶しよう」

「えっ、でも」

「大丈夫だから」

奏斗に言われて、二葉はいまだに信じられない気持ちのまま小さく頷いた。

奏斗がスピーカーホンで電話をかける。

二葉が緊張しながら見守っていたら、四回目のコール音が鳴り始めたとき、電話がつながった。

『大槻さんか？』

祖父の低い声が応じて、二葉はドキンとした。

「こんにちは。今お話しできますか？」

『ああ』

「二葉さんもそばにいます」

電話の向こうで小さく息を呑む気配がした後、祖父の声が聞こえてくる。

『二葉？』

「は、はい」

『二葉、今まですまなかったな』

祖父がこれまで聞いた中で一番穏やかな声で言った。二葉は祖父が謝ったことに驚いて瞬きをする。

「え……」

祖父は静かに話を始める。

『ずっと気持ちのやり場がなかったのだ。幸孝の結婚を認めなかったせいで、二度と幸孝に会えなくなってしまった。後悔して自分が許せず、その怒りを誰かにぶつけたくて……。いや、そんな言い訳をしても許されないな。本当にすまなかった』

祖父のあまりの変わりように、二葉はなにも言えずに黙っていた。

祖父が言葉を続ける。

『二葉は本当にいい人を見つけたな。大槻さんのおかげだ』

「それはどういう……？」

二葉の問いかけに、祖父が答える。

『大槻さんがわしらに会いに来てくれたのだ。それも何度も。すごい男だ。わしがどれだけ怒鳴っても罵っても、まったく動じなかった。それどころか、痛いことを言ってくるのだ。彼に言われて気づいたよ。わしがどれだけ自分勝手な考えで二葉を傷つけていたか。本当にすまなかった。そして、おめでとう』

その言葉を聞いた瞬間、二葉の目に熱いものが盛り上がった。

「あ、ありがとうございます」

『たったひとりの孫なのに、おまえを遠ざけてしまったことが、悔やまれてならない。わしらのことを、そうすぐには許せんだろうとは思う。だが、気が向いたときでいいから、たまには声を聞かせておくれ』

　祖父の声は最後のほうは弱々しかった。

　二葉の目から涙が零れると同時に、祖父との確執が流されていく。

　大きく息を吸って、二葉はゆっくりと声を発する。

「はい」

　電話の向こうで祖父が安堵したようにホッと息をつく音が聞こえた。

『二葉、幸せにしてもらいなさい』

「はい。私も彼を幸せにしたいと思っています」

『そうか』

「ひとりでは幸せになれませんから」

『幸孝もそうだったのだろうか』

　祖父の呟くような声が言った。

　両親が仲良く幸せそうだったのは間違いない。

二葉は自信を持って「はい」と返事をした。

『そうか……』

少し考えるような間があった後、祖父の声が聞こえてくる。

『大槻さん、二葉をよろしく頼む。わしらのただひとりの大切な孫だ』

「はい。誰よりもなによりも大切にします」

奏斗が力強い声で言った。

祖父は今度は二葉に呼びかける。

『二葉、体に気をつけてな』

「はい、おじいちゃんもおばあちゃんも」

『ああ。電話してくれてありがとう』

二葉が「はい」と答えた後、電話が切れた。

「奏斗さんがおじいちゃんに会いに行ってくれてたなんて、ぜんぜん知らなかった」

二葉は涙で潤んだ目で奏斗を見た。彼は微笑んで二葉の頬に軽く触れる。

「二葉には『ずっと俺のそばで笑っていてほしい』って言っただろ？　二葉の笑顔のためなら、俺はなんだってする」

奏斗の言葉に二葉の胸がじんわりと熱くなった。

「本当にありがとう。あんなに父に怒って母を恨んでいたおじいちゃんと和解できる日が来るなんて、思いもしなかった」

「おじいさんはずっと胸の内を誰かに聞いてほしかったんだと思うよ」

「でも、私と話すといつも言い争いになったのに」

「他人の俺だからよかったのかもしれない」

「そっかぁ……そうなのかも……」

少し寂しいけれど、彼の言う通りかもしれない。近い関係だからこそ、互いに感情的になってしまったのだろう。

「この子が生まれたら、三人で会いに行こう」

奏斗が言って、二葉の肩に手を回した。

「うん」

二葉は祖父の名前が書かれた婚姻届を、そっと胸に抱いた。

それから奏斗の車に乗って区役所に行き、ふたりで婚姻届を提出した。これで晴れて法律上、夫婦になった。

区役所の駐車場で車に乗り込んだ後、奏斗が言う。

「これからもよろしく、愛する奥さん」

奏斗に笑顔を向けられて、二葉の心臓がドキンとする。

（〝愛する奥さん〟だなんて！）

嬉しくて、でも少し恥ずかしくて、照れながら口の中でもごもごと言う。

「こ、こちらこそ」

二葉が膝の上に置いていた両手に、奏斗が左手を重ねた。

今日はこれからお祝いを兼ねて、神戸市にあるラグジュアリーホテルに泊まる予定にしている。

「二葉、体調はどう？」

奏斗に気遣われて、二葉はにっこり笑う。

「これ以上ないくらい、いいよ！　おじいちゃんとも和解できたし。なにより先週、奏斗さんが提案してくれてから、ずっと楽しみにしてたんだから」

「それならよかった。だが、疲れたらすぐに言うんだぞ」

「うん」

二葉がシートベルトを締めると、奏斗は車をスタートさせた。公道に出てしばらく走った後、兵庫県に向かう高速道路に乗る。

やがて海が見えてきた。

まだ夕焼けに少し早い時間、明るい日差しが降り注ぎ、水面で光がキラキラと踊っている。

(きれい……。でも、こっちのほうがもっときれいかな)

左手を持ち上げると、窓から注ぐ陽光を浴びて、薬指のダイヤモンドが夢のように美しい輝きを放った。

けれど、それはエンゲージリングだ。ふたりで選んだマリッジリングは奏斗が預かってくれている。入籍したのだから、もうつけてもいいはずだが、いいタイミングがなかった。

(区役所で指輪を交換するわけにはいかなかったもんね。ディナーの後に交換するのがいいかも)

そんなことを考えながら外の景色を眺めていたら、車はやがて高速道路を下りた。

海岸沿いの道を走っているうちに、白い大きな建物が見えてくる。曲線を描く優美な建物が印象的な高級ホテルだ。敷地内にはチャペルやプール、テニスコートなどもあって、人気らしい。

(わぁ、ステキ!)

青い空を背景にした建物の美しさに見とれているうちに、車は減速してホテルの敷地に入った。奏斗はエントランスの前の車寄せで車を停める。

二葉がシートベルトを外していたら、駐車係が外からドアを開けてくれた。

「お疲れさまでございます」

物腰の上品な駐車係の男性に声をかけられ、二葉はドキドキしながら車を降りた。

「ありがとうございます」

奏斗は車を降りて、駐車係に鍵を預けた。ポーターがふたりの荷物を運んでくれるので、二葉は奏斗に促されるまま、ホテルに入る。

奏斗がチェックイン手続きを済ませて、ポーターの案内でエレベーターに乗った。

部屋は最上階のオーシャンビュースイートだ。

(すごく楽しみ！)

やがて最上階に到着し、ポーターが開けてくれたドアから足を踏み入れる。直後、二葉は感嘆の声を上げた。

「わぁーっ、ステキ」

入ってすぐのところは大理石の玄関になっていた。頭上には豪華なシャンデリアが輝き、壁は清潔感のある白、調度品類は柔らかなライトブラウンで統一されていて、洗練されていながら心が落ち着く空間だ。

二十畳はありそうなリビングの奥の壁が一面大きな窓になっている。その向こうに海が見えたので、二葉はソファの上にバッグを置いて窓に近づいた。

「すごくきれい！」

眼下には海が広がっていて、遠くに白い客船が浮かんでいる。

二葉が窓に貼りつくようにして外を見ていたら、奏斗が歩み寄って後ろから二葉をふわりと抱きしめた。

「こうしているとロンドンでの夜を思い出すな」

「あ、そうよね」

二葉は懐かしいドキドキを覚えて頬を染めた。

「夜になったらきっと星がきれいだよね」

「そうだな」

奏斗は二葉の髪に軽く口づけて言う。

「二葉、ウエディングドレスを着てみないか？」

奏斗の突然の言葉に驚いて、二葉は肩越しに彼を見た。

「えっ、きゅ、急にどうしたの？」

「このホテルにはフォトウエディングができる写真館があるんだ。二葉の体調がよければ行こうと思って、予約しておいた。二葉はドレス姿を見せたい人はいないと言っていたが、俺は見たい」

「あっ」

奏斗の言葉に二葉はハッとした。

「それに、二葉のご両親も見たいんじゃないかな」

奏斗は言って、ビジネスバッグから写真立てを取り出した。それは二葉がリビング・ダイニングに飾っていた両親の写真だった。

「勝手に持ち出してすまない」

彼は申し訳なさそうに言ったが、彼が二葉の部屋に来るたびに、両親の写真に手を合わせてくれていたことを、二葉は知っている。

二葉は思わず奏斗に抱きついた。涙が込み上げてきて、彼の胸に顔を押しつける。

「奏斗さん、奏斗さん」

二葉が泣いているのに気づいて、奏斗は二葉の背中をポンポンと撫でた。

「さあ、涙を拭いて」

そう言われても、嬉しすぎて涙が止まらない。

「だって、奏斗さんが優しすぎるから……」

二葉は涙を止めようと目をこすった。その手を掴んで、奏斗は二葉の目尻に口づけ、涙をチュッと吸い取った。

「ひゃっ」

二葉が驚いて声を上げると、奏斗はニヤリと笑う。

「止まった？」

二葉はぱちくりと瞬きをした。目尻から滴が零れたが、驚いたせいか、涙は止まっている。

「う、ん」

二葉は頬を染めて頷いた。

「二葉に似合うドレスを選びに行こう」

奏斗に促されて、彼と一緒に部屋を出た。エレベーターで一階に降りて、ホテルの奥に向かう。すると、壁に金色のプレートで、フォトウエディングスタジオという案内が出ていた。

「大槻さまですね。お待ちしておりました」

グレーの制服を着た受付の女性が、ふたりを見てにこやかに微笑みかけた。

「よろしくお願いします」

二葉がペコリとお辞儀をすると、女性スタッフはドレスがたくさん吊された衣装室にふたりを先導した。

そこはとても広く、左側にはさまざまな色のドレスが、右側には華やかな色の着物がかけられている。

「わぁ……すごい……」

そのきらびやかさに圧倒されて、二葉はため息を零した。

「ご主人さまからのご依頼を受けまして、お腹が苦しくないデザインのものをたくさんご用意しております」

(奏斗さんがそんなことを……)

案内されたコーナーには、たくさんのデザインのドレスがあった。シンプルなものから、レースやフリル、ビーズなどが使われたゴージャスなものまで、色も美しい純白からピンク、水色やワインレッドなどさまざまだ。そんなたくさんのドレスを眺めているうちに、小さい頃の憧れが蘇ってくる。

(やっぱり……お姫さまみたいなドレスを着たい)

たくさん揃えてくれたドレスの中に、憧れのイメージ通りのものを見つけた。プリンセスラインの上品なウエディングドレスだ。上半身はオフショルダーのすっきりしたデザインだが、スカート部分にサテンオーガンジーのドレープが流れるように重ねられている。後ろには、レースとビーズ刺繍があしらわれたフリルのトレーンが長く伸び、ほどよい華やかさがあった。

二葉のドレスが決まったら、続いて奏斗の衣装を選ぶ。

「奏斗さんは背が高いから、フロックコートが似合いそう」

「じゃあ、二葉の見立てに合わせよう」

二葉は一歩下がって彼の全身を眺め、紳士な雰囲気に合いそうなチャコールグレーのフロックコートを選んだ。丈が長く大人っぽいデザインで、襟元にクラシカルな刺繍が施されている。

それから二葉はメイクのために別の部屋に案内された。

三十歳くらいの女性のメイクアップアーティストに促されて、二葉は鏡の前のゆったりした椅子に座った。

「お召し物が汚れないように、ケープを掛けさせていただきますね」

女性は二葉に白いケープを掛けて、前髪と横の髪をクリップで留める。

「背もたれを倒しますね。お腹が苦しかったらおっしゃってくださいね」

「はい」

背もたれが倒されたが、椅子の座り心地がいいので、お腹は苦しくない。

「それではメイクを落とします」

女性はクレンジング剤を手にとって、二葉のメイクを落とし始めた。くるくると
マッサージをする手の動きが気持ちよくて、体から力が抜けていく。

続いてクレンジング剤がコットンと蒸しタオルで丁寧に拭き取られ、化粧水で肌を
整えた後パックをして、美容液、乳液などでお手入れがされた。

「では、背もたれを起こしますね」

ゆっくりと背もたれが戻され、二葉の顔が鏡に映る。妊娠初期に荒れていた肌が、
瑞々(みずみず)しくふっくらしていた。

（わぁ……）

顔色も一段明るくなったように見える。

嬉しくなって鏡の中の自分の顔をまじまじと眺めていたら、女性が話しかけた。

「どのようなメイクにいたしましょうか？」

二葉は鏡の中の女性を見ながら答える。

「ええと、ドレスに合うような上品な感じがいいんですが……」

「かしこまりました。エレガントなドレスですものね。優しい華やかさのあるメイクにいたしましょう」

「よろしくお願いします」

ドキドキする二葉に、女性がメイクを施していく。下地クリームを薄く延ばして、リキッドファンデーションで肌色を整えた。色むらが気になる部分にはコンシーラーをのせてぼかし、きめ細かなパウダーで仕上げて、額や鼻の高い部分にハイライトをのせた。そのおかげで彫りが深く見え、透明感のある肌が完成する。

続いて眉が、ペンシルとパウダーを使って上品に形作られていく。

「口元にポイントを置いたほうがかわいらしくなりますので、アイシャドウのお色は控え目にいたしますね」

女性はアイホールに肌馴染みのよいベージュをのせて、パール感のあるブラウンを馴染ませた。アイラインは深いブラウンだ。ナチュラルなチークと、艶やかで赤みのあるリップが、華やかさを添えている。

「次はヘアアレンジに移ります」

女性はホットカーラーを使って、二葉の髪全体を緩やかにカールさせた。長くてまっすぐな髪が、ふんわりと柔らかなアップスタイルにアレンジされていく。

「いかがですか？」

女性がケープを外して、鏡の中の二葉に問いかけた。

「わぁ……」

二葉は感嘆のため息を零した。透明感のある肌にプリンセスのような気品のあるメイクで、髪も華やかなアップスタイルに仕上げられている。

「自分じゃないみたいです。すごく嬉しいです。ありがとうございます」

「気に入っていただけて嬉しいです。とてもお似合いですよ」

メイクが終われば、次はいよいよドレスに着替える。生地に引っかけてはいけないので、エンゲージリングを外してから、スタッフの手を借りて着替えさせてもらった。花飾りとレースのベールで髪が飾られ、二葉の準備は整った。

その間に奏斗も着替えているはずだ。

更衣室から出てきた奏斗を見て、二葉はうっとりとため息をついた。

（うわぁ、かっこいい……）

背が高く逞しい奏斗に、想像以上によく似合っていた。ボルドーのアスコットタイを締めた彼は、さながら英国紳士のようだ。

奏斗は椅子から立ち上がった二葉を見て、ハッと息を呑む。

「二葉……すごくきれいだ」

「奏斗さんこそ……すごくステキです」

奏斗は二葉の両手を取った。見つめ合うふたりをスタッフは微笑ましく見ていたが、やがて声をかける。

「おふたりともご準備ができましたので、チャペルに参りましょうか」

「よろしくお願いします」

奏斗は右手に二葉の両親の写真を持ち、左手で二葉の右手を取った。

スタッフに先導されて、ホテルの敷地内にあるチャペルに向かった。石畳の通路を歩いた先に、ヨーロッパの大聖堂を思わせるチャペルがある。夕焼けの空にすっと伸びた白い尖塔が美しい。

「では、まず祭壇の前でお撮りしましょう」

チャペルの横では、大きなカメラを持ったカメラマンとレフ板を持ったアシスタントが待っていた。ふたりとも女性だ。

スタッフからかわいらしい白いバラのブーケを渡され、二葉はそれを持って奏斗と並んだ。

チャペルの扉が開け放たれ、祭壇へとバージンロードが延びている。その壮麗な様子に、二葉はため息を零すばかりだ。

「本当にステキ……」

「二葉」

奏斗は二葉に左腕を向けた。二葉はその腕に右手をかける。本当の結婚式のようで、胸がドキドキと高鳴る。

彼にエスコートされながら祭壇へと進んだ。奏斗は両親の写真を一番前の参列席においた、美しいステンドグラスと祭壇の前で二葉と向き合った。

「それでは、何枚かお写真撮らせていただきますね」

カメラマンの合図に合わせて、二葉は奏斗と手をつないだり、顔を寄せ合ったり、背中を合わせたり……とさまざまなポーズを取った。

最後に夕焼けを背景に写真を撮って、撮影は終わりとなった。

「チャペルはあと一時間貸し切りとなっておりますので、お時間までごゆっくりお過ごしください」

スタッフはそう言って、カメラマンとアシスタントとともにホテルに引き上げていき、二葉は奏斗とふたりで残された。

「メイクをしたりドレスを着替えたり、大変だっただろう。疲れてないか？」

奏斗は気遣わしげに二葉に尋ねた。二葉は微笑んで答える。

「うん、大丈夫。嬉しくて感動して、今でもすごくドキドキしてる。とってもステキなサプライズを、本当にありがとう」

二葉の心からの感謝の言葉に、奏斗は照れたように微笑んだ。

「もう一度祭壇の前に行こうか」

奏斗の腕を取って歩きながら、二葉はチャペルを見回す。

「本当にステキなチャペル」

ふと、祖父母にも見てほしい、という気持ちが芽生えた。

「結婚式を挙げたくなった？」

二葉の心を読んだかのように奏斗に訊かれて、二葉は頬を赤くしながら答える。

「うん……。『挙げなくてもいい』なんて言っちゃったけど……」

「それじゃ、この子が生まれたら、三人で式を挙げよう」

奏斗の声がかすかに響いて消えた。

ふたりきりのチャペルはしんとしていて、とても厳かな雰囲気だ。

奏斗は祭壇の前で二葉と向き合って、改まった口調で名前を呼ぶ。

「二葉」

二葉は背筋を伸ばして答える。

「はい」

「ご両親の前で誓う。幸せなときも困難なときも、どんなときも君のそばにいて、君を愛し、敬い、大切にして、幸せな家庭を築いていくことを約束する」

二葉は目頭を熱くしながら言葉を紡ぐ。

「私も誓います。幸せなときも困難なときも、どんなときも奏斗さんのそばにいて、あなたを愛し、敬い、大切にして、幸せな家庭を築いていくことを約束します」

奏斗はポケットから紺色の箱を取り出した。見覚えのある結婚指輪の箱だ。それぞれ相手の指輪を抜き取って、奏斗が箱をポケットに戻した。まずは奏斗が二葉の左手の薬指に指輪をはめ、続いて二葉が彼に指輪をはめる。

互いの指にプラチナの指輪がピタリと収まった。胸がいっぱいになって、二葉は奏斗を見上げる。

奏斗が顔を傾け、目を伏せながら近づけてきた。二葉はそっと目を閉じる。彼の柔らかな唇が重なったとき、二葉の頬を温かな涙が濡らした。

ドレスから着替えた後は、ホテルの部屋に戻った。ディナーはゆっくり食べられるように、部屋に運んでもらうことになっている。

シャンデリアの下、テーブルにロウソクが灯され、本格的なフレンチのコース料理が運ばれてきた。

ダイニングの大きな窓からは夜の海が見えて、空にはたくさんの星が瞬いている。これ以上ないくらいロマンチックだ。

「奏斗さん、今日はありがとう。すごく嬉しかった」

二葉はデザートの桃とミルクのテリーヌを味わって、左手を頬に当てた。優しい甘さがじんわりとお腹と心に染み込んでいくようだ。

「喜んでくれてよかった」

奏斗は二葉の様子に満足そうに微笑んで、コーヒーを飲んだ。

「写真の出来上がりが楽しみだね」

「ああ。きっとすごくきれいだろうな」

「お母さんとお父さんに見せられてよかった」

そう言ったとき、二葉はお腹の中でぽこんと小さな動きを感じた。

「あっ」

二葉がパッとお腹を押さえ、奏斗が心配そうな表情になる。

「どうした？」

「赤ちゃんが動いたみたい！」

「本当か⁉」

奏斗は立ち上がって、お腹を押さえている二葉の手に彼の手を重ねた。

「この子も今日の日をお祝いしてくれているのかも」

二葉の言葉に、奏斗が目元を緩める。

「きっとそうだ」

「ふふ、ありがとう」

二葉は両手でお腹を撫でてから、奏斗を見た。

「ね、名前、どうしよっか？」

「名前？」

「うん、この子の。〝この子〟って呼ぶより、愛称で呼んであげたい」

「そうだなぁ。性別はまだわからないんだろ？　だったら、男女どちらでも使えそうな愛称にするか」

奏斗の言葉を聞いて、二葉は考えながら答える。

「うーんとね、使いたい音があるの」

「音？　漢字ではなく？」

「うん。お父さんは幸孝って名前なんだけど、その一文字目の〝ゆ〟って音と、お母さんの詩(うた)って名前の一文字目の〝う〟をもらって、〝ゆう〟」

「〝ゆう〟か。いい響きだな」

奏斗が目を細めて言った。

「じゃあ、ゆうちゃん」

二葉はお腹に呼びかけた。

「おーい、ゆうちゃん」

奏斗がお腹に顔を近づけて呼んだとき、ゆうちゃんがぽこぽこと動いた。

「あ、動いた！　気に入ってるみたい」

二葉の言葉を聞いて、奏斗が笑みを零す。

「幸せだな」

「うん、幸せ」

二葉も同じように微笑むと、奏斗は立ち上がって二葉の唇にチュッとキスを落とした。

「それじゃ、これからもっともっと幸せになろう」

「うん。奏斗さんとゆうちゃんと一緒なら、絶対に毎日幸せだよ」

その確信に胸が熱くなる。そして目頭も。

今日は泣いてばかりだ。

エピローグ

十二月中旬になり、奏斗は数日前から在宅勤務に変えた。

昼休みの時間は二葉と一緒に近くの広い公園を歩いている。出産予定日の四十週ゼロ日を過ぎたのに陣痛が来ないため、二葉が毎日のようにマンションの近くをウォーキングしているからだ。陣痛を促す効果があるということで、ウォーキングのほかに階段の上り下りやスクワットなどを助産師に勧められたそうだ。

今日は金曜日で、奏斗は午後から休みを取った。

公園の桜の木には葉が一枚もなく、寒そうだ。

「二葉、寒くないか？」

奏斗は隣を歩く二葉を見た。

「私は大丈夫。奏斗さんは？」

「歩いているから温かい」

「私も」

二葉はにっこり笑って言った。

彼女は安定期に、夢だった恋愛ファンタジー小説の翻訳を終えて、訳文を出版社に提出した。そして、校正された原稿、いわゆる初校が二葉に戻され、修正箇所などのチェックも済ませた。あんなに大きなお腹でパソコンデスクに着くのは大変そうなのに、本当にすごいと思う。

あとは出版社が本として出版するのを待つだけだ。二葉の夢が具体的な本という形になって世に出る日を、奏斗も楽しみにしている。

(楽しみなのは、君が生まれてくることもだよ)

奏斗は愛する妻の大きなお腹に視線を向けた。エコー写真で男の子だとわかり、いくつか〝ゆう〟の音が入る名前の候補を考えたのだが、どれにするかは顔を見てから決めようということになっている。

「ゆうちゃん、いつ出てくるんだろうなぁ」

奏斗が言うと、二葉は左手でお腹をさすった。

「ほんとにねぇ。パパもママもずっと待ってるのに」

「寒がりなのかな」

奏斗の言葉に二葉はクスッと笑った。

「外が寒いから?」

「ああ。俺に似たのかもしれない。俺も寒がりだから」

「それは知らなかったなぁ」

「二葉に温めてもらおう」

奏斗は二葉の右手を握った。二葉のほうが手が冷たかったが、素知らぬ顔で自分のコートのポケットに入れる。

「奏斗さんのほうが手があったかいじゃない」

だが、二葉に指摘されたので、とぼけることにする。

「そうかな」

「そうだよ。寒がりなのに私の冷たい手を握って大丈夫なの？」

「二葉の手を握ったら心が温かくなるから問題ない」

「奏斗さんってば」

そんな他愛ないことを話しながら、公園をもう一周して出口に向かった。歩道に出たとき、二葉が小さく「あっ」と声を上げて足を止めた。

「どうした？」

「なんかお腹がギュウッてなる……陣痛、かも」

「わかった。すぐに車を取ってくる！　二葉はここで待ってろ」

奏斗は慌てて走り出そうとしたが、二葉は手を離さなかった。

「ダメダメ、初産の場合は出産まで時間がかかるから、陣痛が十分間隔になってから病院に連絡してくださいって言われてるもん」

奏斗ははやる気持ちを落ち着かせようと大きく息を吐き出した。

「ああ、そうだったな」

「まだ少しかかるんじゃないかな。お義姉さんだって、最初の陣痛が来てから生まれるまでに二日かかってたしね」

奏斗は九月に出産した姉の奈美のことを思い出しながら、「そうだったかな」と呟いた。

奏斗はそんな詳しい話を姉から聞いたことはなかったが、二葉は姉とメッセージのやりとりをしたり、SNSをフォローし合ったりと仲良くしている。出産の先輩としていろいろ話も聞いているようだ。

「ちょっと座るね」

二葉はお腹を押さえて顔をしかめながら、近くのベンチに腰を下ろした。

「大丈夫か？」

奏斗は隣に座って二葉の腰をさする。

二葉はしばらく背中を丸めて「ふぅ、ふぅ」と呼吸をしていたが、やがて背筋をスッと伸ばした。

「治まった！」

表情も平然としていて、さっきまで痛がっていたのが嘘のようだ。

「えっ、本当に？」

「うん。次の陣痛が来るまでの時間を計っておかなくちゃ」

二葉はスマホを出して時間をチェックし、メモアプリに時刻を打ち込んだ。

「じゃ、奏斗さん、帰ろう」

二葉が立ち上がろうとするので、奏斗はさっと立ち上がって手を貸した。

「陣痛って始まったらわかるって言われてたけど、本当にそうなんだぁ」

二葉は感慨深げに言いながら、しっかりした足取りで歩き出した。

男が陣痛を経験したら死ぬ、などと聞いていたので、二葉にそんな死にそうな痛みを経験してほしくない、とずっと思っていた。

（思ったほど痛くないのならいいんだが……）

奏斗は心配しつつ、二葉の様子にほんの少しの安堵を覚えた。

しかし、本陣痛はそれとはまったく違うということを、その日の夕食の後で思い知った。二葉がソファの上で体を丸めて顔を歪めていたのだ。

「痛いのか？」

食器を片づけていた奏斗は、二葉に駆け寄った。

声を出すのもつらそうで、二葉は苦しげな表情で頷く。

「もう病院に行ってもいいんじゃないか？」

「まだ……十五分間隔なの」

「こんなに痛がっているのに、まだ行けないのか」

奏斗はもどかしい思いで息を吐いた。二葉は笑みのようなものを浮かべる。

「ゆうちゃんもがんばって生まれてくる準備をしてるのよ」

「二葉……」

やがて痛みが治まったらしく、二葉は深く息をついた。

「出産で体力を消耗すると思うから、少し寝てるね」

「ああ」

痛みがどんどん強くなっているらしく、陣痛に耐える二葉が痛々しい。

陣痛が落ち着いているときは穏やかに眠っているのに、痛みが来ると苦しげな表情でうめきながら目を覚ます。そんな二葉を見ていたら心配でたまらないのに、痛みを代わってあげることはできない。自分にできることが限られているのがもどかしい。

暗がりで目を覚ました二葉が、スマホで時刻を確認した。

「いたたた……まだ十二分かぁ……」

かすれた声で呟いた二葉は、奏斗が彼女の腰をさすっていることに気づいた。

「えっ、奏斗さん、起こしちゃった？」

「寝てなかっただけだから、気にするな」

「でも、夜中の二時なのに……」

「俺は平気だ」

奏斗は言って二葉の額にキスをした。

「でも、奏斗さんが疲れちゃうよ。まだかかりそうだから、奏斗さんもちゃんと寝て」

正直に言うと二葉が心配で眠れないのだが、それを言うと逆に二葉に心配されそうなので黙っておく。

けれど、奏斗の考えはお見通しらしく、二葉は不満げに頬を膨らませた。

「私も寝るから奏斗さんも寝て」

「努力する」

奏斗の言葉を聞いて、二葉は彼の腕に頭をのせて体を丸めた。

「奏斗さんが寝てくれないと私も寝られな～い」

二葉はいたずらっぽい口調で言った。彼女のほうがつらいはずなのに、奏斗を気遣ってわざとそんなふうに言うのだ。

奏斗は愛しさを感じながら、二葉の髪をそっと撫でた。

「わかった。じゃあ、俺も寝るから」

「約束ね」

腕に閉じ込めた二葉の温もりに安心感を覚える。やがてウトウトしかけたとき、二葉が「いた……」とうめき始めた。

奏斗がスマホを見たら、さっきから十分しか経っていない。

「二葉！」

「うう……奏斗、さん」

「病院に行こう」

「うん……。先に電話してからね」

二葉はしばらく痛みに耐えていたが、やがて陣痛が落ち着いてからスマホで病院に電話をかけた。二葉が話している間に、奏斗は用意していたボストンバッグを玄関に運ぶ。戻ってきたら二葉がベッドの縁に腰かけていた。

「行けるか？」

「うん」

　奏斗は二葉に手を貸して、ベッドから下りた二葉を右手で支えた。

　そのまま部屋を出て一階に下り、駐車場で車に乗る。公道に出たところで、また陣痛が来たらしく、二葉は助手席で体をよじるようにして抑えたうめき声を上げる。

「二葉、がんばれ！　急いで病院に連れていくから！」

「ふふ……安全運転で、ね」

　二葉は痛みをこらえながら、かすれた声で言った。

　病院に着くと、すぐに医師の診察を受けた。普通なら分娩待機室に入るらしいが、二葉はもう子宮口が開いているということで、いきなり分娩室に入れられた。

「パパは頭のほうにいてくださいね」

　助産師の女性が奏斗に言った。奏斗と同い年くらいだが、とても落ち着いている。

　奏斗は内心不安と緊張でいっぱいだったが、どうにかそれを押し殺して二葉に付き添う。

　父親教室に参加したり、本や雑誌を読んだりして、妊娠出産について勉強したが、しょせん自分は男性だ。

(二葉の痛みを俺が引き受けられたらいいのに……!)

そんなもどかしさに苛まれながら、二葉が痛がれば手を握って腰をさすり、水を欲しがれば飲ませて汗を拭いた。

助産師の合図に合わせていきむ二葉を励ましながら、ただただ愛する妻と子の無事を必死で祈る。

やがて——。

「おめでとうございます!」

医師の声とともに、元気な産声が分娩室に響いた。なぜ赤ちゃんが〝赤〟ちゃんと呼ばれるのかわかるくらい、くしゃくしゃの真っ赤な顔で泣いている。

さっきまで二葉のお腹の中にいた存在が、今、目の前で産声を上げている。

感動で胸がいっぱいで、言葉が出てこない。

奏斗は二葉に視線を戻した。彼女はひどく疲れているはずなのに、頬を紅潮させて目を輝かせている。

「二葉、お疲れさま」

奏斗は汗で濡れた二葉の額をタオルでそっと拭った。二葉は目を細めて彼を見る。

「どうしよう。すごく嬉しくてドキドキしちゃう」

「俺もすごく嬉しいよ。だが、二葉の体調が心配だ」

「嬉しすぎて疲れとかぜんぜん感じないの。でも、後でドッと疲れが出ちゃうかも」

二葉が微笑んだとき、助産師が出生直後の処置を終えた赤ちゃんを抱いて、二葉に声をかけた。

「さあ、ママ、赤ちゃんを抱っこしましょうね」

助産師は二葉の胸に赤ちゃんをうつ伏せにして抱っこさせた。いわゆるカンガルーケアというものだ。

「ゆうちゃん、やっと会えたね……。いつ生まれてくるのかなってずっと待ってたんだよ」

二葉は愛おしそうに赤ちゃんの背中にそっと触れた。

「のんびり屋さんなのかもしれないな」

奏斗が呟くと、二葉は目だけ動かして奏斗を見た。

「私もそう思った。だったら、名前は——」

「悠世(ゆうせい)、かな?」

考えていた名前のうち、のんびりした様子を表す漢字〝悠〟を使った名前はこのひとつだ。人生をゆったりと幸せに歩んでほしいという願いを込めた。

奏斗と目が合って、二葉はニコリと笑う。

「決まりだね。悠ちゃん」

二葉は慈愛に満ちた微笑みを悠世に向けた。あまりに尊いふたりの姿に、奏斗は目頭が熱くなる。

「二葉、ありがとう」

二葉に声をかけたら、彼女は奏斗に顔を向けた。

「奏斗さんも立ち会ってくれてありがとう。一緒にこの子を迎えられてよかった」

奏斗は二葉の髪をそっと撫でた。

「それは俺のセリフだよ。家族が増えた分、幸せが増えた気がするな」

「きっと大変なこともあると思うけど、ふたりで力を合わせて乗り越えていこうね」

「ああ」

奏斗はそっと手を伸ばして我が子の小さな手に触れた。こんなにも小さいなんて、想像していなかった。

「パパも抱っこしましょうか」

助産師が悠世を抱き上げて、奏斗に渡した。初めて抱いた我が子は、びっくりするくらい軽くて柔らかい。

けれど、手で感じる温かさが、はるかに重い愛おしさを伝えてくる。

「かわいいな。二葉にそっくりだ」

「えっ、でも鼻筋が通っていて奏斗さん似だと思うけど」

妻の言葉を聞いて、奏斗は思わず笑みを零した。

「俺は二葉に似てると思ったけどな」

「じゃあ、私たちふたりに似てるんだ」

きっとそうだろう。なにしろ悠世は文字通り奏斗と二葉の愛の結晶なのだから。

「三人で写真を撮りましょうね」

助産師がデジタルカメラを持って奏斗と二葉に声をかけた。この病院では、出産直後に家族写真を撮って、退院時に額に入れてプレゼントしてくれるサービスがあるのだ。

「わ、どうしよう。ノーメイクで髪もぐちゃぐちゃなのに」

二葉がおどけた表情で言った。奏斗は二葉の耳元で囁く。

「大丈夫。二葉はとてもかわいくてきれいだよ」

実際、母になったからか、神秘的な美しさすら感じる。

助産師が奏斗の手から悠世を受け取って、そっと二葉の隣に寝かせた。

「まずはパパとママが赤ちゃんを見守る構図で撮りましょう」

助産師に言われるより早く、奏斗は最愛の妻と息子を見つめていた。

(二葉と悠世、ふたりのことを全力で守っていくよ)

その気持ちを込めて……。

END

特別書き下ろし番外編

バースデー・サプライズ

「二葉、おはよう」

奏斗の声が聞こえた直後、二葉の唇に軽くキスが落とされる。

目を開けたら、すぐ前に愛する旦那さまの顔があって、二葉は頬を緩めた。

「奏斗さん、おはよう」

二葉が言ったとき、ベッドルームのドアが開いて、あと二ヵ月ほどで三歳になる悠世の声が言う。

「ママ、おねぼう」

軽い足音が聞こえて、悠世がベッドに駆け寄った。柔らかで少し茶色っぽい髪が、悠世の動きに合わせてぴょこぴょこと跳ねる。

奏斗が悠世の頭を撫でて言う。

「悠世、今日はママの誕生日だから、ゆっくり寝かせてあげる約束だったろ？」

「うん。でも、はやくママにみせたい」

「なにを見せてくれるの？」

二葉が起き上がって問うと、悠世は丸い目を見開いて「あっ」と声を上げ、両手で口を隠した。

「ひみつだったの。ないしょ」

「えっ、気になるなぁ」

二葉が言うと、悠世は「ないしょ、ないしょ」と言いながら、ベッドルームから逃げ出した。

二葉はクスクス笑って言う。

「いったいふたりでなにを企んでるの？」

「それはお楽しみだ」

奏斗は言って、軽くウインクをした。どうやらふたりで、今日誕生日を迎えた二葉のために、なにかサプライズをしてくれるらしい。

「じゃあ、早く起きなくちゃ」

「その前に」

ベッドから下りようとした二葉に、奏斗はもう一度キスをした。

朝食に奏斗が作ってくれたホットケーキを食べた後、悠世に手を引かれて、二葉は車の後部座席に乗り込んだ。奏斗が悠世を二葉の隣のチャイルドシートに座らせて、運転席に乗る。

「しゅっぱーつ！」

悠世が右手を突き上げ、奏斗が笑いながら車をスタートさせた。

「なるほど、ふたりでママをどこかに連れていってくれるってことなのね？」

「ふふふ、ないしょ、ないしょ」

二葉の隣で、悠世は楽しそうな笑みを浮かべている。

「もう、気になるなぁ」

「きっとママ、すきになるよ」

「ああ、絶対だ」

愛する息子と夫は、どうあっても目的地まで秘密にするらしい。

十月上旬の清々しい空気の中、三十分ほど走って、大阪府の郊外に出た。ほどなくしてアーチ状になった駐車場の入り口が見えてきて、二葉は「あっ」と声を上げる。

看板には〝リーフィ・エコ・エネ・ワールド〟とかわいらしい文字で書かれていた。

「ここってリーフィの新しい施設でしょ？」

奏斗からも聞いていたし、新聞やネットニュースでも大きな話題になっていた。学習体験というよりテーマパークの要素が強く、子どもから大人まで、楽しみながら環境とエネルギーについて学べる施設だ。

「でも、オープンは来週じゃなかったっけ？」

二葉の問いかけに、奏斗は「ああ」と返事をして、入り口の前で車を停めた。すると、駐車場の中の管理施設からグレーの作業着を着た四十代くらいの男性が出てくる。

「大槻社長、お待ちしてました」

奏斗が下ろしたウィンドウの向こうで、男性が笑顔で言った。

「ゲートの鍵を開けますので、お好きなところに駐車して、ご家族でお越しください」

「ありがとう」

男性が車から離れた。奏斗は駐車場の中に入って、ゲートの近くに駐車する。

「もしかして、プレオープンでなにかイベントをやってるの？」

二葉が訊くと、奏斗は後部座席を振り返って答える。

「ああ。二葉の誕生日パーティーだ」

二葉は驚いて目を見開いた。

「ええっ⁉　どういうこと？」

「要するに、貸し切りってことだ」

「レストランにごちそうもあるの」

そう言ってから、悠世は「あっ」と声を上げてうつむいた。

「どうしたの？」

二葉が顔を覗き込んだら、悠世はしょぼんとしている。

「いまのないしょだった」

落ち込んでいる様子が愛らしい。

二葉が聞こえなかったフリでもしようかと思ったとき、運転席から手を伸ばして奏斗が悠世の頭を撫でた。

「気にするな。まだまだたくさんママを驚かせてあげられるからな」

パパに優しく言われて、悠世は「うん！」と顔を上げた。

「ママ、いこう」

悠世に急かされて、二葉は車を降りた。反対側に回って悠世をチャイルドシートから下ろす。

奏斗が現地管理会社の社員だと紹介してくれた先ほどの作業着の男性が、ゲートの鍵を開けて中に案内してくれた。

「各施設にはオープンに向けて従業員がおりますので、オープン後と同様にお過ごしいただけます。どうぞごゆっくりお楽しみください」

「ありがとう」

「ありがとうございます」

「ありがとございます」

奏斗、二葉、悠世と順に礼を言って、エコ・エネ・ワールドの中を見学する。

「わぁい」

悠世が目を輝かせて、あちこちのアトラクションに駆けていく。

太陽光発電と風力発電を組み合わせたメリーゴーラウンドや、下り坂でエネルギーをバッテリーに溜めて上り坂を登るゴーカートなど、乗り物を楽しみながら、その仕組みを学ぶことができる。

まだオープン前なのに、すでにいろいろな学校や子ども会などから、遠足や社会見学で訪れたいと問い合わせが相次いでいるそうだ。

「悠世は乗り物に夢中だな」

悠世と一緒にゴーカートに乗った後、奏斗が言った。

「そうね。でも、小さいうちからこういうのに触れておくことが大事だよね」

二葉は噴水を見てはしゃぐ悠世を見て、微笑ましい気持ちで言った。

「そうだな」

奏斗は腕時計を見た後、悠世に近づいて、息子の隣で膝をついた。

「悠世、そろそろママに見せてあげてもいいんじゃないか?」

奏斗の言葉を聞いて、悠世は「あ」と目を丸くして頷いた。

「ママ、ママ、こっち」

悠世は右手で二葉の手を引っ張って歩き出したものの、すぐに足を止めて奏斗を見る。

「パパ、どっち?」

「こっちだ」

奏斗は笑いながら悠世の左手を握った。

そうして三人で歩いていった先は……。

「えっ」

信じられない光景に、二葉は息を呑んだ。

十月の澄んだ青空を背景にして、静かな湖畔に中世の古城がたたずんでいる。澄んだ湖面には逆さまになった城が映っていて、絵画のように美しい。

「奏斗さん、これって……」

ロンドンのカフェで紙袋が破れたとき、落として表紙が折れてしまった本。あの本の表紙に描かれていた古城にとてもよく似ている。

「あの本の表紙の絵に似てるだろう？」

「うん」

「あれをイメージした宿泊施設なんだ」

「そうなんだ……」

「きょうね、みんなでとまれるんだよ」

悠世が嬉しそうにぴょんと跳ねた。

「すごく……嬉しい」

二葉はただただ感動して、勝手に目頭が熱くなった。

「ママ、びっくりした？」

悠世の愛らしく無邪気な声に、二葉は目を潤ませたまま返事をする。

「うん。とっても」

「パパがママのためにせっけいしたんだって。パパ、すごいよね。かっこいいよね」

「うん。すごくてかっこよくてステキ。とても嬉しい。ありがとう」

「パパ、ママ、はやくいこ!」

悠世が歩道を駆け出し、奏斗が「悠世!」と後を追った。

愛するふたりの姿を見て、二葉は指先で涙を拭う。

「ふたりとも待って!」

二葉は大きく足を踏み出した。気持ち同様弾んだ足取りで走って、古城の大きな扉の前でふたりに追いつく。

「悠世、つかまえた!」

二葉はしゃがんで、後ろから我が子をギュッと抱きしめた。直後、大きな木の扉が中からゆっくりと開いた。

「二葉ちゃん、お誕生日おめでとう!」

「誕生日おめでとう!」

口々に声がしてクラッカーの音が響き、頭上から花弁やリボンが降ってくる。

「わあ、ひいじいじ、ひいばあば、じいじ、ばあば、しょうくん、それにしょうくんのママとパパだぁ!」

悠世のはしゃいだ声が言う通り、扉の向こうには二葉の祖父母、奏斗の両親、奈美と正輝とふたりの息子の将(しょう)が、クラッカーや花を手に笑顔で立っていた。

「奏斗さん……」

二葉は両手を口元に当てて立ち上がった。

「みんな二葉の誕生日を祝うために集まってくれたんだ」

「こんなにたくさんの人たちに祝ってもらうのは初めて……」

二葉の目に涙が盛り上がり、視界が滲んだ。

奏斗は左手を二葉の肩に回して彼のほうに引き寄せる。

「誕生日おめでとう、俺の最愛の奥さん」

奏斗の優しい声が耳元で言い、二葉はどうしようもなく幸せな気持ちで、最愛の夫の肩に頭をもたせかけた。

END

あとがき

はじめましての方も、お久しぶりの方も、こんにちは！

このたびは『極秘の懐妊なのに、クールな敏腕ＣＥＯは激愛本能で絡めとる』をお読みいただき、ありがとうございました！

両親を失い、祖父母とも疎遠、彼氏にも浮気されて振られた過去を持つヒロインの二葉。ひとりでも夢に向かって毎日仕事をがんばっています。そんな彼女は、夢のために訪れたロンドンで、クールな紳士、奏斗に出会います。困っているところを二度も助けられ、一緒に時間を過ごすうちに彼への想いが募って……。

今回のストーリーでは、私としては初めてのテーマ、秘密の妊娠に挑戦しました。クールで紳士なヒーローでしたが、ヒロインに再会してからはお腹の中のベビーも含めて溺愛モードに突入！

自信が持てず臆病だった二葉の心を奏斗が蕩かして、二葉がなくしていた絆を取り戻し、新たに育む。そうして一緒に新しい未来に向かっていくストーリーをお楽しみいただけたなら、作者としてこのうえなく幸せに思います。

本作のイラストは、椿野イメリ先生が描いてくださいました。大人っぽく美しいふたりのイラストは、何度見ても見惚れてしまいます。早くみなさまにもお見せしたいと、ずっと楽しみにしていました。

最後になりましたが、本作の出版にあたってご尽力くださいましたすべての方々に、心よりお礼を申し上げます。

そして本作をお手に取ってくださった読者のみなさま、本当にありがとうございます！　読んでくださるみなさまの存在が、作品を書くなによりのエネルギーです。

最後までお付き合いいただきまして、本当にありがとうございました。

またどこかでお目にかかれますように……。

ひらび久美

ひらび久美先生への
ファンレターのあて先

〒104-0031
東京都中央区京橋1-3-1
八重洲口大栄ビル7F
スターツ出版株式会社　書籍編集部　気付

ひらび久美先生

本書へのご意見をお聞かせください

お買い上げいただき、ありがとうございます。
今後の編集の参考にさせていただきますので、
アンケートにお答えいただければ幸いです。

下記URLまたはQRコードから
アンケートページへお入りください。
https://www.berrys-cafe.jp/static/etc/bb

この物語はフィクションであり、
実在の人物・団体等には一切関係ありません。
本書の無断複写・転載を禁じます。

極秘の懐妊なのに、
クールな敏腕CEOは激愛本能で絡めとる

2023年9月10日　初版第1刷発行

著　　者　ひらび久美

発 行 人　菊地修一
デザイン　カバー　ナルティス
フォーマット　hive & co.,ltd.
校　　正　株式会社鷗来堂
発 行 所　スターツ出版株式会社
〒104-0031
東京都中央区京橋1-3-1　八重洲口大栄ビル7F
TEL　出版マーケティンググループ　03-6202-0386
(ご注文等に関するお問い合わせ)
URL　https://starts-pub.jp/
印 刷 所　大日本印刷株式会社

Printed in Japan

乱丁・落丁などの不良品はお取替えいたします。
上記出版マーケティンググループまでお問い合わせください。
定価はカバーに記載されています。

ISBN 978-4-8137-1479-8　C0193

ベリーズ文庫 2023年9月発売

『エリート外交官は契約妻への一途すぎる愛を諦めない～きみは俺だけのもの～【極上スパダリの執着溺愛シリーズ】』　砂川雨路・著

弁当屋勤務の菊乃は、ある日突然退職を命じられる。露頭に迷っていたら常連客だった外交官・博巳に契約結婚を依頼されて…!?　密かに憧れていた博巳からの頼みなうえ、利害も一致して期間限定の妻になることに。すると――「きみを俺だけのものにしたい」堅物な彼の秘めた溺愛欲がじわりと溢れ出し…。

ISBN 978-4-8137-1475-0／定価715円（本体650円＋税10%）

『冷徹御曹司の偽り妻のはずが、今日もひたすらに溺愛されています【憧れシンデレラシリーズ】』　惣領莉沙・著

食品会社で働く杏奈は、幼馴染で自社の御曹司である響に長年恋心を抱いていた。彼との身分差を感じ、ふたりの間には距離ができていたが、ある日突然彼から結婚を申し込まれ…!?　建前上の結婚かと思いきや、響は杏奈を蕩けるほど甘く抱き尽くす。予想外の彼から溺愛にウブな杏奈は翻弄されっぱなしで…!?

ISBN 978-4-8137-1476-7／定価726円（本体660円＋税10%）

『14年分の想いで、極上一途な御曹司は私を囲い愛でる』　若菜モモ・著

OLの紬希は友人の身代わりでお見合いに行くことに。相手の男性に嫌われてきて欲しいと無茶振りされ高飛車な女を演じるが、実は見合い相手は勤め先の御曹司・大和で…！　嘘がばれ、彼の縁談よけのために恋人役を命じられた紬希。「もっと俺を欲しがれよ」――偽の関係のはずがなぜか溺愛が始まって…!?

ISBN 978-4-8137-1477-4／定価726円（本体660円＋税10%）

『怜悧なパイロットの飽くなき求愛で双子ごと包み娶られました』　Yabe・著

グランドスタッフの陽和は、敏腕パイロットの悠斗と交際中。結婚も見据えて幸せに過ごしていたある日、妊娠が発覚！　その矢先に彼の秘密を知ってしまい…。自分の存在が迷惑になると思い身を引いて双子を出産。数年後、再会した悠斗に「もう二度と、君を離さない」とたっぷりの溺愛で包まれて…!?

ISBN 978-4-8137-1478-1／定価726円（本体660円＋税10%）

『極秘の懐妊なのに、クールな敏腕CEOは激愛本能で絡めとる』　ひらび久美・著

翻訳者の二葉はロンドンに滞在中、クールで紳士な奏斗に2度もトラブルから助けられる。意気投合した彼に迫られとびきり甘い夜過ごして…。失恋のトラウマから何も言わずに彼のもとを去った二葉だったが、帰国後まさかの妊娠が発覚！　奏斗に再会を果たすと、「俺のものだ」と独占欲露わに溺愛されて!?

ISBN 978-4-8137-1479-8／定価726円（本体660円＋税10%）

ベリーズ文庫 2023年9月発売

『落ちこぼれの辺境令嬢が次期国王に溺愛されて大丈夫ですか?～モフモフしてたら求婚されました～』 晴日青（はるひあお）・著

田舎育ちの貧乏令嬢・リティシアは家族の暮らしをよくするため、次期国王・ランベールの妃候補選抜試験を受けることに！　周囲の嘲笑に立ち向かいながら試験に奮闘するリティシア。するとなぜかランベールの独占欲に火がついて…!?　クールな彼の甘い溺愛猛攻にリティシアは翻弄されっぱなしで…。

ISBN 978-4-8137-1480-4／定価737円（本体670円＋税10%）

ベリーズ文庫 2023年10月発売予定

Now Printing

『悪いが、君は逃がさない【極上スパダリの執着溺愛シリーズ】』 佐倉伊織・著

百貨店で働く紗弥のもとに、海外勤務から帰国した御曹司・文哉が突如上司として現れる。なぜか紗弥のことを良く知っていて、仕事中何度も助けてくれる文哉。ある時、過去の恋愛のトラウマを打ち明けたらいきなりプロポーズされて…!? 「諦めろよ、俺の愛は重いから」――溺愛必至の極上執着ストーリー！

ISBN 978-4-8137-1487-3／予価660円（本体600円＋税10%）

Now Printing

『タイトル未定【憧れシンデレラシリーズ4】』 宝月なごみ・著

真面目な真智は三つ子のシングルマザー。仕事に追われながらも子育てに励んでいた。ある日、3年前に契約結婚を交わした龍一が、海外赴任から帰国すると真智を迎えに来て…!? すれ違いから一方的に彼に別れを告げ、密かに出産した真智。ひとりで育てると決めたのに彼の一途で熱烈な愛に甘く溶かされ…。

ISBN 978-4-8137-1488-0／予価660円（本体600円＋税10%）

Now Printing

『君の願いは俺が全部叶えてあげる～奇跡の花嫁～』 伊月ジュイ・著

製薬会社で働く星奈は、"患者を救いたい"という強い気持ちを持つ。ある日、社長である祇堂の秘書に抜擢され戸惑うも、彼の敏腕な仕事ぶりに次第に惹かれていく。上司の仮面を外した祇堂は、絶え間ない愛で星奈を包み込んでいくが、実は星奈自身も難病を患っていて――。溺愛溢れる珠玉のラブストーリー！

ISBN 978-4-8137-1489-7／予価660円（本体600円＋税10%）

Now Printing

『タイトル未定（パイロット×看護師）』 宇佐木・著

看護師の夏純は、最近わけあって幼馴染のパイロット・蒼生と顔を合わせる機会が多い。密かに恋心を抱いているが、今更関係が進展する様子はなく諦め気味。ところが、ある出来事をきっかけに蒼生の独占欲が爆発！ 「もう理性を抑えられない」――溺愛全開で囲われ、蕩けるほど甘い新婚生活が始まって…!?

ISBN 978-4-8137-1490-3／予価660円（本体600円＋税10%）

Now Printing

『きみは俺がもらう　御曹司は仕事熱心な部下を熱くからめ取る』 彼方紗夜・著

恋人に浮気され傷心中のあさひ。ある日酔っぱらった勢いで「鋼鉄の男」と呼ばれる冷徹上司・凌士に失恋したことを吐露してしまう。一夜の出来事かと思いきや、その日を境に凌士は蕩けるように甘く接してきて…!? 「君が欲しい」――加速する彼の溺愛猛攻と熱を孕んだ独占欲にあさひは身も心も乱されて…。

ISBN 978-4-8137-1491-0／予価660円（本体600円＋税10%）

タイトル、価格等は変更になることがございますのでご了承ください。